두 달 안에 누구나 작가가 되는
책 쓰기 비법

두 달 안에 누구나 작가가 되는

책 쓰기 비법

초판발행일 | 2015년 1월 8일

지 은 이 | 서상우
펴 낸 이 | 배수현
디 자 인 | 박수정
제　　작 | 송재호

펴 낸 곳 | 가나북스 www.gnbooks.co.kr
출 판 등 록 | 제393-2009-000012호
전　　화 | 031) 408-8811(代)
팩　　스 | 031) 501-8811

ISBN 978-89-94664-76-7(03800)

저자가 되어 평생 명예로운 **갑(甲)**의 인생을 살아가라!

두 달 안에 누구나 작가가 되는 책 쓰기 비법

서 상 우

첫 저서인 〈이제 드림빌더로 거듭나라〉를 출간하기 전까지 그 어떤 문학 활동도, 심지어 칼럼 기고 한 번 해본 적 없던 내가 〈이제 드림빌더로 거듭나라〉의 원고를 두 달 만에 끝내고, 출판사에 투고한지 하루 만에 계약에 까지 성공하자 많은 사람들이 어떻게 그런 일이 가능했냐고 물어왔다. 그 질문들에 대한 나의 대답은 언제나 동일했다.

"책 쓰는 것에 대한 노하우를 알았기 때문입니다."

대부분의 사람들은 편견을 갖고 있다. 그 편견은 바로 책을 쓰는 건 아무나 하는 일이 아니라는 것이다. 나 역시 〈이제 드림빌더로 거듭나라〉를 쓰기 전까지만 해도 그런 편견에 갇혀 있었다. 하지만 이 편견은 반드시 깨어내지 않으면 안 된다. 책을 쓰는 일은 전문가나 유명인들 만의 소유물이 절대 아니다. 누구나 책을 쓸 수 있고, 쓸 수 있는 자격을 갖고 있다. 단지 쓰는 방법을 모르고, 쓴다는 생각 자체를 안하고 있을 뿐이다.

원래 어떤 일이든 모르기 때문에 두려운 법이다. 지금 막 이 책을 펼친 당신 역시 책을 쓰는 방법을 모르기 때문에 책을 쓰는 일이 두려울 뿐이다. 하지만 이 책을 한 장, 한 장 읽어나갈 때마다 그 두려움은 점차 사라질 것이며, 책을 다 읽은 뒤의 당신은 어떤 내용으로 책을 써볼까 고민하는 자신을 발견하게 될 것이다.

이제 두려움보다는 설렘으로 책 쓰기에 푹 빠져보도록 하자. 책 한 권이 가져올 다양한 보물 보따리를 기대하면서 말이다. 당신이 독자로 책을 읽는 건 이제 이 책이 마지막이 될 것이다. 다음 책을 펼치는 당신은 이제 독자가 아닌 저자로서 책을 읽게 될 테니까.

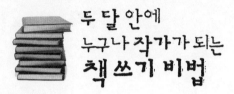

두 달 안에
누구나 작가가 되는
책 쓰기 비법

Contents

두 달 안에
누구나
작가가 되는
책쓰기 비법

1장

왜
책을 써야
하는가?

step 01   독자에서 저자로 거듭날 때

이 책을 읽고 있는 당신이 어디서 누구와 무엇을 하고 있는 사람이든 누구라도 책을 한, 두 권 정도는 읽어본 적이 있을 것이다. 그 책이 자기계발서가 됐든, 소설이 됐든 그게 어떤 장르이든지 말이다. 우리가 눈만 돌려도 널려 있는 것이 책이고, 발에 차이는 것이 책이다. 그만큼 책은 우리 일상생활 깊숙한 곳에 이미 녹아져 있고, 공기처럼 없어선 안 되는 물건으로 자리 잡혀 있다.

　책을 그다지 좋아하지 않는 사람이라 할지라도 책이 없는 세상은 상상하기 힘들 것이다. 요즘에는 e-book이라고 해서 종이책보다 전자책의 수요가 점점 더 늘어나고 있다고 하지만 아직까지도 종이책의 자리는 굳건하다고 볼 수 있다. 그리고 전자책이라고 할지라도 책의 중추적인 역할 자체가 달라지는 것은 아니므로 전자책이 책이 아니라고 할 수도 없지 않겠는가? 종이책이든 전자책이든 형태만 바뀔 뿐이지 책 자체가 소멸되고 불필요하게 될 일은 없을 거란 소리이다.

　과거부터 현재까지 수를 감히 셀 수도 없을 만큼의 많은 책이 출간되어져 왔다. 과거 돌에 기호를 새기며 기록했던 순간부터 지금까지 책은 인류의 발전과 늘 함께 해왔다. 책의 장르와 콘셉트, 스타일과 방식까지 점점 더 그 폭을 더 넓혀왔고, 그 폭이 넓어진 만큼 많은 개성 있는 작가들의 출연도 점점 더 늘어왔다.

　책의 역사만큼이나 작가들의 스타일 변천사 역시 볼만한데 과거에는 전문적인 지식이나 깊은 학식을 요구했던 반면에 현재는 개성 있고 시대가 원하는 것을 캐치할 수 있는 작가를 더 요하기도 한다. 다른 측면으로 보면 과거에는 단지 작가들이 쓰고 싶은 걸 쓰고 독자들은 그저 받아들이기만 했다면 요즘은 독자들이 원하는 걸 작가들이 찾으려 노력하고 독자들이 원하는 스타일의 글을 쓰기 위해 애쓴다. 독자들은 많은 선택의 폭에서 자신이 원하는 타입의 책을 골라 읽기만 하면 되는 것이다. 그러다보니 원하는 스타일에 맞춘 수많은 타입의 작가들이 배출되기 시작했으며 작가인 듯 작가 아닌 작가 같은 작가도 종종 볼 수 있게 되었다.

　인터넷이 발전하면서 필요한 지식이나 정보는 인터넷에서 손쉽게 얻을 수 있게 되었다. 과거처럼 책으로 지식을 습득하고 책만으로 정보를 구하는 시대는 아니다.

　이제는 책이 아닌 인터넷이 그 역할을 충분히 해주고 있다. 그럼에도 책은 여전히 많이 보고 있으며 많이 출간되고 있다. 이 말은 즉 지금의 사람들은 책을 통해 예전처럼 지식이나 정보만을 얻는 것이 아닌 다른 무언가를 채울 수 있길 바란다는 것이다. 그리고 이것이 바로 누구나 책을 쓸 수 있고, 누구나 작가가 될 수 있는 가장 큰 이유 중 하나가 된다.

수많은 독자들이 있다면 원하는 것도 수만 가지일 수밖에 없다. 그 수만 가지의 니즈(needs)를 충족시켜 주려 하다 보니 수만 명의 작가가 배출될 수밖에 없는 환경이 되어버린 것이다. 그러다 보니 이전에는 글 한 번 써본 적이 없던 사람이 베스트셀러 작가가 되기도 하고, 하루아침에 유명인사가 되는 일도 비일비재하게 일어나고 있다. 이런 일을 부정적인 측면으로 바라보는 사람들도 있지만 꼭 그런 식으로 생각할 문제는 아니다.

시대가 바뀌면서 직업의 수와 형태도 함께 바뀌어져 왔다. 1990년도에는 게임을 해서 먹고 산다는 것은 상상도 못할 일이었다. 하지만 2000년도에 들어서면서 프로게이머라는 직업이 생겨나기 시작했고 청소년들 사이에서는 최고의 선호 직업 중 하나로 주목 받기도 했다.

시간은 흐르기 마련이고 시간이 흘러감에 따라 환경이나 유행도 달라지는 것이 인지상정이다. 한 시대에만 갇혀서 다가오는 시대를 부정하고 변해가지 못하는 것은 자신에게 가장 큰 책임이 있다고 볼 수 있다. 그런 부정적인 시각으로 바라보는 사람이 있다면 무시하고 내버려두길 바란다. 좀 심하게 말하자면 과거의 영광에 매여 현재를 보지 못하는 꼰대쯤으로 여기고 내버려두라.

위에서 장황하기 늘어놓은 것은 작가가 될 준비가 따로 되어있어야 할 필요는 없다는 점을 말하고 싶어서이다. 지금부터 이 책을 읽고 있는 독자인 당신에게 이제 저자로 돌아서라는 말을 하기 전에 그 누구라도, 당신은 물론 우리 모두가 저자가 될 수 있다는 오픈 마인드(open mind)를 가지고 이 책을 접하길 바라기 때문이다.

무슨 일을 하든지 처음 시작할 때는 모든 것이 낯설고 어려운 법이다. 아니 낯설기 때문에 어려운 것이다. 익숙하지 않은 것은 누구나 서투르고 헤매게 된다. 책상에 앉아서 고시공부만 해오던 사람에게 갑자기 꿈을 바꿔 농구선수를 시작하라고 한다면 체력은 물론이고 공조차 제대로 컨트롤하지 못할 것이다. 공부를 한다고 책상 앞에 앉아있는 동안 농구에 필요한 근육, 신경, 체력적인 부분은 전혀 발달이 안 되어 있었을 것이기 때문에 갑자기 농구를 하라고 한다 하더라도 제대로 할 수 없는 것이 너무나 자명한 일인 것이다. 하지만 하루 이틀 조금씩 농구를 연습하고 반복하다보면 어느새 농구에 필요한 근육들이 붙으면서 점점 더 농구를 잘할 수 있게 될 것이다.

책을 쓰는 일 또한 이와 다르지 않다. 책을 써보기는커녕 잘 읽지도 않던 사람에게 갑자기 책을 쓰라고 한다고 해서 머릿속에 있는 생각들을 글로 수월하게 쓸 수 있을 리가 없다. 이건 너무나 당연한 얘기다. 처음 책을 쓰는데 잘 안 써지는 건 너무나도 당연한 일 아니겠는가? 너무나 당연한 것일 뿐인데 '나는 글 쓰는데 재주가 없어', '역시 글 쓰는 건 너무 어려워', '이래서 책을 낼 수는 있을까?' 이런 생각으로 중단하고 포기하는 건 어리석은 짓이다. 오히려 책을 써야겠다고 마음먹은 것부터가 대단한 결심이라 칭찬할 일일지도 모르겠다.

하지만 너무 두려워할 필요는 없다. 이 책의 한 장, 한 장을 읽어나갈 때마다 책을 써야겠다는, 나도 책을 쓸 수 있겠다는 마음이 점차 들 것이다. 그리고 이 책을 다 읽고 덮는 순간 나도 지금부터 책을 쓰겠다는 열정, 아니 어쩌면 이미 책을 쓰고 있는 자신을 발견할 수도 있을 것이다.

블루오션이란 말을 들어본 적이 있을 것이다. 아직 잘 알려지지 않아서 경쟁자가 별로 없는 유망한 시장을 블루오션이라 한다. 물론 현재까지 수많은 작가들이 배출되었고, 지금도 배출되고 있는 것은 사실이다. 하지만 아직까지도 자신은 그저 책을 좋아하는 독자일 뿐이며 저자로서의 삶은 꿈도 꾸지 않고 있는 사람들이 대부분이다. 이제 생각을 바꿔야 한다. 바라보는 시각을 달리 해야 한다. 당신을 포함한 우리 모두는 독자에서 저자로 거듭날 수 있다. 아니 그렇게 해야만 한다.

앉아서 캐기만 하면 금이 나오는 광산처럼 그저 자리 잡고 앉아서 쓰기만 하면 된다. 광산이 어디에 있는지, 빈자리는 어디에 있는지 무엇으로 어떻게 캐면 되는지를 모른다면 이 책을 처음부터 끝까지 읽고, 또 읽어라.

참가비도 없고 꽝도 없는 게임이 있다고 한다면 참여하지 않을 이유가 어디 있겠는가? 책 쓰기가 바로 그런 게임이다. 돈도 들지 않고, 실패도 없는 일이 바로 책 쓰기이다. 매주 로또를 살 노력이 있다면 그 노력으로 책을 써라. 평생 로또 1등을 한 번이라도 할 가능성이 얼마나 되겠는가? 하지만 책을 쓰면 로또 1등을 몇 번이나 당첨되어야 가능한 수입도 벌어들일 수도 있다.

다시 말하지만 이 책의 한 장, 한 장을 읽어갈 때마다 독자의 자리에서 저자의 자리로 돌아앉아라. 여름날의 푸른 바다(blue ocean)에 수많은 사람들이 이미 물속에서 물놀이를 하고 있다 하더라도 당신이 뛰어 들어갈 자리를 충분하다. 당신도 마음껏 물을 즐길 수 있고 물을 만끽할 수 있다. 당신이 마음만 먹는다면 말이다.

step 02 작가로 태어난 사람은 없다

난 포항에서 평범한 가정의 막내로 태어났다. 나는 건강하게
태어났지만 5살 때부터 투병생활을 시작하면서 온갖 합
병증으로 힘겨운 시간을 보내야 했다. 중학교 무렵에는 잦은 입
원으로 학교를 제대로 나갈 수도 없었고, 결국 고등학교는 입학
과 동시에 휴학을 했어야 했다. 그럼에도 병은 더 악화되기만 해
누워서만 생활을 해야 했고, 생사마저 불투명한 상태가 되기에
이르렀다.

하지만 난 꿈이 있었다. 다시 나의 두 다리로 걷는 것. 소중한
가정을 꾸려 행복하게 사는 것. 나로 인해 많은 사람들이 희망을
품는 것. 이런 나의 꿈들이 모든 것을 포기하기 할 수 없게 만들
었다. 그리고 꿈은 이루어진다고 했던가? 기적은 조용히 일어나기
시작했다.

그 어떤 특별한 사건도 없이 조금씩 몸이 호전되기 시작한 것이
다. 조금씩 사람다운 삶을 영위할 수 있게 되었다. 그리고 꿈도

하나씩 이룰 수 있게 되었다. (그렇게 기적같이 호전되고 꿈도 이루어 가는 과정은 나의 첫 저서인 〈이제 드림빌더로 거듭나라〉를 통해 많은 사람들에게 희망과 용기의 메시지를 전하기도 했다.)

그렇게 조금씩 꿈이 이루어지자 이제는 더 큰 꿈을 이루고 싶었다. 그래서 처음 도전한 꿈이 바로 작곡가였다. 도레미파솔라시도조차 잘 모르던 내가 20대 중반에 들어서서 뒤늦게 작곡가의 꿈을 품었다. 물론 부모님은 반대하셨다. 늘 건강하지 못해 부모님의 도움으로 살아오던 내가 음악을 하기 위해 서울로 가겠다고 하자 부모님은 강경하게 반대하셨다. 게다가 음악의 '음'자도 모르는 내가 어떻게 음악을 하겠냐는 것이었다.

하지만 내 마음은 확고했다. 그래서 결국 서울로 상경하여 음악을 시작했고, 아주 기초부터 하나씩 배워나가기 시작했다. 그리고 나는 2년 만에 작곡가 팀의 팀장을 맡게 되었고, 여러 작품에 음악감독으로 활동도 하게 되었다. 3년이 넘어갈 때는 녹음실과 엔터테인먼트까지 설립하는데 성공했다. 이 모든 것은 도레미파솔라시도조차 모르던 내가 3,4년 만에 이룬 쾌거였다.

태어나면서부터 음악의 모든 것을 알고 태어난 사람은 없다. 누구나 도레미파솔라시도를 알아가는 과정을 거치고, 화성을 배우고, 악기를 배워가며 음악을 한다. 지금 처음 음악을 접한 사람도, 이미 세계적으로 유명한 뮤지션이라 할지라도 누구나 이 과정을 반드시 거친다. 그 누구도 태어나면서부터 이 모든 것을 알고 있는 채로 태어나는 사람은 어디에도 존재하지 않는다.

책 쓰기도 마찬가지다. 처음부터 작가의 운명을 타고난 사람은 없다. 우리가 잘 아는 유명하고 훌륭한 작가들도 처음부터 타고난 필력을 가지고 태어난 사람은 없다. 처음부터 훌륭했던 것도 아니고, 처음부터 쓴 모든 글이 베스트셀러에 올라 화제가 된 것도 아니다. 피나는 노력으로 계속해서 포기하지 않고 수많은 책을 썼기에 지금의 그들이 존재하는 것이다.

나도 첫 저서를 내기 전까지 나 자신이 책을 낼 수 있으리라고 생각조차 해본 적이 없었다. 그저 막연하게 '책을 낼 수 있으면 좋겠다.'라고 생각만 할 뿐이었다. 하지만 책을 쓰는 노하우를 알게 되고 그걸 실천하는 순간 나의 눈앞에는 어느샌가 나의 책이 출간되어 놓여 있었다.

당신도 그렇게 될 수 있다. 아니, 당신도 그렇게 되어야 한다. 현 시대에 들어서면서 평범한 주부나 평범한 직장인같이 우리와 다르지 않는 평범한 사람들이 책을 내는 경우가 점점 더 늘어나고 있다. 나와는 동떨어진 전문적인 작가만의 세계가 아닌 나와 그리 다르지 않는 평범한 사람들의 이야기를 보며 공감하고 기뻐할 수 있는 이야기들을 대중들이 더 찾기 시작한 것이다. 이런 이야기를 하면서 주위 사람들에게 자신의 이야기를 담은 책을 써보라고 말하면 대부분 이런 반응이다.

"아, 그래도 책 쓰는 건 좀 무리일 것 같아요."
"저는 필력이 딸려서…."

"저는 그럴 시간이 없어요."

"쓸 내용이 없는데요."

"전 아무것도 몰라요."

이런 반응은 충분히 이해한다. 나 역시 처음에는 이런 반응을 보였으니 말이다. 하지만 지레짐작으로 겁먹고 어려울 것이라 여길 필요는 없다. 다시 한 번 말하지만 누구나 책을 쓸 수 있고, 누구나 책을 낼 수 있다. 바로 내가 그 최고의 사례 중 하나이다. 나는 아무런 스펙도 경험도 없지만 두 달 만에 원고를 썼고, 그 원고를 12시간 만에 출판사와 계약하는데 성공했으며 그로부터 한 달 뒤 책이 출간되자마자 일주일 만에 베스트셀러에 오르는 기염을 토해냈다. 이 일은 원고를 쓰기 시작한지 3달 만에 모두 이루어진 것이었다.

당신도 할 수 있다. 책 쓰기 노하우만 안다면 누구라도 이렇게 될 수 있다. 지금 아무 것도 모른다고 걱정할 필요는 없다. 이 책을 통해 원고쓰기부터 출간하기까지의 모든 노하우를 알아 가면 된다. 이 책의 처음부터 끝까지 구석구석에 담아둔 정보를 모조리 배워 가면 된다. 당신이 책을 쓰는데 있어 궁금해 할 모든 것들을 이 책에 담았다. 오해 없이 그대로 받아들일 수 있도록 최대한 쉽게 풀어서 말이다.

작가로 태어난 사람은 없다. 지금 이 책을 읽고 있는 당신은 예전의 내가 음악을 하기 위해 처음 서울로 올라왔을 때의 심정과 비슷할 것이다. 막연하고 두렵고 '과연 내가 책을 쓸 수 있을까?'란 생각으로 가득할 것이다. 내가 음악을 처음 시작 할 때 1년 정도 음악학원을 다녔었는데 처음 학원을 들어갈 때와 1년 뒤 학원에서 나올 때의 나는 확연히 달라져 있었다. 무지하고 두려워했던 나는 어디가고 없었고, 배운 것들을 어디서든 하루 빨리 써먹어보고 싶고 결과물을 만들어 내고 싶어 하는 열정적으로 변한 나만이 있을 뿐이었다.

당신이 이 책을 처음부터 끝까지 정독한다면 당신 역시 이렇게 변할 것이라 확신한다. 지금의 당신은 모르기 때문에 두렵고 망설이고 있겠지만, 이 책을 다 읽은 당신은 이 노하우로 반드시 자신의 책을 써보고 싶어 하는 열정적인 모습으로 변해져 있을 것이다.

이 책이 당신에게 필요한 정보를 줄 것이다. 하지만 실천하느냐 마느냐는 당신의 몫이다. 당신이 행하지 않으면 아무런 소용도 없다. 부디 이 책을 통해 왜 책을 써야하는지를 깊이 이해하고, 실천하여 반드시 화려한 제 2의 인생을 펼치고 살기를 바란다.

이 책을 읽으면서 지금부터 당신이 해야 할 일은 단 두 가지다. 첫 번째는 이 책에 담긴 정보가 온전히 내 것이 될 때까지 처음부터 읽고, 또 읽는 것이며, 두 번째는 나는 이미 베스트셀러 작가라는 마음가짐이다. 나는 이미 작가이며, 내 손에서 베스트셀러가 나온다는 것을 믿어라. 사람의 잠재능력은 무궁무진하다. 사람이 마음먹고 하는 일에 불가능이란 없다. 당신의 잠재능력을 믿어라. 당신이 작가가 되기로 마음먹는 순간 당신은 이미 작가이며 베스트셀러이다.

바로 이 책이 당신을 그 길로 인도할 것이며 그렇게 되도록 도와줄 것이다. 지금부터 하나하나 작가가 되는 시간을 가져보도록 하자.

step 03 당신의 이야기가 가슴을 울린다

내가 서울에 올라와 3,4년 만에 녹음실을 차리고 대표의 자리까지 올라갔지만, 결혼을 하고 난 뒤부터 가계는 기울어지기 시작했다. 부업도 하고 대출도 받아보며 위기를 극복해보려 했지만 한 번 기울어진 가계는 회복되기는커녕 더욱 더 악화돼가기만 했다. 결국 녹음실을 팔고 이사를 하게 되었다.

그러면서 나는 다시 처음부터 시작한다는 마음으로 재기를 꿈꾸며 창업에 뛰어들었다. 하지만 신의 한수라 생각하며 뛰어든 창업은 신의 한수가 아니라 최악의 한수가 되어버렸고 결국 내게 남은 건 커다란 빚더미뿐이었다.

모든 것이 엉망이었다. 매일 매일 독촉전화에 시달렸고 가정은 파탄하기 직전이었다. 해결할 방법은 아무리 찾아도 보이지 않았고, 하루를 한숨으로 시작해 한숨으로 마감했다. 내가 할 수 있는 일은 그저 혼잣말로 '이것 또한 지나가리라.'라는 말만 반복하는 일 뿐이었다.

매일 했던 '이것 또한 지나가리라.' 라는 말처럼 이 일 역시 지금은 지나갔다. 그 결과가 좋았을 수도 나빴을 수도 있겠지만 이 일은 벌써 정리되었고 지나갔다. 그리고 지금은 그 일이 계기가 되어 내 이름으로 책을 출간할 수 있었고, 지금은 이렇게 다음 책을 또 쓰고 있을 수 있게 되었다.

이 일이 그저 안주거리에 불과한 이야기일수도 있고, '그땐 그랬지.'라고 여길 젊은 날의 값비싼 경험으로 넘길 수도 있겠지만 나는 이 이야기를 책에 담아 출간했고, 많은 사람들에게 이 때의 일을 배경으로 삼아 희망의 메시지를 전하고 있다.

책을 쓰는 사람이 꼭 화려한 경력이 있어야 하는 것도 아니고, 반드시 기적 같은 일을 겪어야만 책을 쓸 수 있는 것도 아니다. 물론 사업에 실패했다가 일어섰다는 이야기만을 가지고 내가 책을 쓴 건 아니지만, 누구나 겪을 수 있고 겪어봤을 이야기를 책에 담은 것만은 분명하다. 책이라고 해서 꼭 이런 이야기를 담아야 하고, 이 정도는 돼야 담을 수 있는 기준이 정해져 있는 것은 아니라는 말이다.

앞서 말한 이 책의 목적이 무엇이었는가? 누구나 책을 쓰고 책을 낼 수 있다는 것이 이 책의 가장 큰 메시지이다. 누구나 책을 쓰고 책을 낼 수 있다는 건 누구의 이야기든 누구의 메시지든 책에 담아 출간할 수 있다는 소리다.

<지랄발랄 하은맘의 불량육아>의 김선미 작가는 아이를 낳고

키우면서 육아에 대한 생각과 자신만의 노하우, 그리고 남모를 고충을 블로그를 통해 많은 엄마들과 공유를 했다. 그리고 그것은 수많은 엄마들의 공감과 지지를 받으며 책으로까지 출간하게 되었고 출간이후에도 선풍적인 인기를 끌며 후속작인 <닥치고 군대 육아>까지 출간했다. 김선미 작가는 그 전에는 책을 써 본적도 없는 평범한 주부였지만 자신의 이야기로 많은 사람들의 공감을 이끌어내면서 많은 사랑을 받는 인기 작가로 데뷔할 수 있었다.

책은 반드시 전문적인 내용이 포함되어야 하는 것은 아니다. 당신이 즐겁게 보냈던 하루, 행복했던 추억, 힘들었던 경험이 바로 독자들의 마음을 울리는 스토리가 된다. 책을 읽는 수많은 독자들 중 대부분이 특별한 사람들이 아니다. 드라마에나 나올법한 재벌 2세 같은 사람들이 아니라는 것이다. 나와 다르지 않는 사소한 것에 웃고 우는 평범한 사람들이 대부분이란 것이다. 이 말은 내게 있어 행복하고 힘들고 즐거운 일들이라면 독자들에게도 이 일들이 공감될만한 이야기가 충분히 될 수 있다는 것이다.

책을 쓰기로 결심한 당신이 아직도 자격을 논하면서 망설이고 있다면 이것을 명심하길 바란다.

> **❝ 책은 전문가라서 쓰는 것이 아니라, ❞**
> **책을 쓰기 때문에 전문가가 되는 것이다.**

소재도 장르도 그 분야의 전문가만이 꼭 책을 쓰는 것은 아니다. 오히려 그 분야의 책을 쓰면서 그 분야의 전문가로 거듭나게 되는 것이다. 책을 쓰기로 했다면 어떤 분야든 책을 쓰기 위해서는 해당 분야의 관련된 책과 자료를 반드시 찾아봐야 한다. 그것도 한, 두 권의 책이 아니라 수 십 권의 책을 찾아보게 된다. 이 과정에서 당신은 당신이 모르는 사이에 이미 그 분야의 전문가로 거듭나 있다. 한 권의 책을 쓰기 위해서는 이러한 과정을 반드시 거쳐야만 하기 때문에 그 분야의 책을 출간하게 되면 사람들은 저자를 그 분야의 전문가로 공공연하게 인정하는 것이다.

이제 당신이 걱정해야 하는 것은 자격을 논하는 것이 아니라 쓰려고 하는 분야의 책을 얼마나 많이 읽을 것인가이다. 자신의 이야기를 책으로 담는다 하더라도 같은 이야기라도 어떤 식으로 담고, 어떤 식으로 전달할 것인지는 염두를 해야 한다. 그런 점을 배우는 데는 같은 분야나 같은 콘셉트의 책을 많이 보는 것만큼 최고의 방법도 없다.

서점에 가서 책을 보다보면 정말 온갖 소재로 책이 나오고 있다는 것을 쉽게 알 수 있다. 주식을 하다가 자신의 노하우를 책으로 내기도 하며, 해외여행을 다니며 찍었던 사진으로 여행 에세이를 내기도 한다. 소재는 무궁무진하다. 이미 수많은 소재로 출간된 책이 많아 더 이상 참신하고 독창적인 소재가 없어 보이지만 그렇지만도 않다. 잘 찾아보면 아직 블루오션인 소재도 분명히 있고, 독창적이고 희소성 있는 이야기는 반드시 있기 마련이다.

지금 책을 쓰려고 하는 당신의 이야기가 바로 그렇지 않은가? 당신의 이야기를 현재 출간된 어느 책에서 본 적이 있는가? 당연히 없을 것이다. 당신 자신이 책을 쓴 적이 없으니 말이다.

당신의 삶은 평범하고 흔한 그런 삶이 아니다. 이 세상에 당신이 단 한사람이듯 당신의 이야기도 당신이 아니면 알 수 없고, 할 수 없는 그런 유일한 이야기인 것이다. 그리고 그 이야기로 전해줄 수 있는 메시지 또한 분명히 있다. 단지 가공되지 않은 다이아몬드의 원석처럼 그 빛을 아직 발하지 못하고 있을 뿐인 것이다.

제대로 된 직장을 구하지 못해 수십 개의 아르바이트를 했었다면 그것이 당신이 전해줄 수 있는 이야기가 될 것이고, 평범한 직장을 다니며 평범한 가정을 꾸려 살아가고 있는 가장이라면 그 평범하다고 여기는 이야기가 바로 당신이 전해줄 수 있는 이야기가 될 것이다. 평범하다는 것은 그 만큼 많은 사람들이 비슷한 경험을 하고 있다는 것이고, 그 평범함은 그 만큼 많은 공감을 이끌어 낼 수 있다는 것이다.

인터넷에서 본 그림이 하나 있었는데 같은 그림을 보고도 누군가는 노파를 보기도 하고, 누군가는 아리따운 여인을 보기도 했다. 같은 것을 보면서도 받아들이는 인식은 충분히 다를 수 있고, 바라보는 시각에 따라 충분히 다른 결과를 만들어내기도 한다.

나의 이야기를 그 정도라고 치부해선 안 된다. 나의 이야기는 수많은 사람들에게 감동을 주기도, 웃음을 주기도, 희망을 주기도 하는 최고의 이야기가 될 수 있다. 그리고 그것은 당신만이 할 수 있는 일이기도 하다. 당신이 아니면 알 수 없고, 할 수 없는 것이다.

지금 바로 자리에 앉아 눈을 감고 내가 살아왔던 삶을 천천히 돌이켜보라. 슬펐던 기억, 행복했던 기억, 위험했고 아찔했던 기억, 사랑했던 기억 이 모든 것들을 떠올리며 자신의 삶을 천천히 아주 천천히 돌이켜보라. 그 시간에 자신이 느꼈던 감정과 생각들을 정리하고, 그로 인해 내가 무엇을 깨달았고 얼마나 성장해 왔는지를 떠올려 보라.

그리고 이제 그것들을 친구나 지인에게 말해주듯이 글로 써내려가면 된다. 바로 그렇게 쓴 글이 당신의 책이 되고 베스트셀러가 되는 것이다. 단지 그 뿐이다.

> **66** 글을 쓰기 전 항상 내 앞에 누군가에게 **99**
> 이야기를 해주는 것이라 상상하라.
> 그리고 그 사람이 지루해서 자리를 뜨지 않도록 하라.
>
> – 제임스 패터슨(James Patterson) –

step 04   100권 읽기보다 1권을 써라

최단 기간 최다 저자 집필로 기네스북에 등재된 천재작가 김태광은 <운명을 바꾸는 기적의 책 쓰기 40>에서 이렇게 말한다.

"책을 쓰지 않은 채 하는 독서는 밑 빠진 독에 물 붓기나 다름없습니다. 밑 빠진 독에는 아무리 물을 부어도 밑으로 새나갑니다. 그렇더라도 독 안의 벽에 약간의 물기가 남아 있겠지요. 하지만 그런 상태에서는 독서의 수준이 낮을 수밖에 없습니다. 사람들이 많은 책을 읽는데도 생활에 변화가 없고 인생이 그대로인 것은 이 때문입니다. 심도 있는 독서를 하려면 반드시 책 쓰기를 병행해야 합니다. 그래야 성장이 가능해집니다. 더 나아가 운명을 바꾸는 독서가 됩니다."

책을 읽는 것이 좋은 공부인 것은 분명하다. 책 읽는 것을 밑 빠진 독에 물 붓기라고 표현한 것은 책 읽는 습관을 비하하기 위함이 아니라 책을 쓰는 것이 얼마나 큰 공부가 되고 도움이 되는지를 표현하기 위함이다. 나는 김태광 작가의 이 말을 절실히 공감한다. 내가 첫 저서인 〈이제 드림빌더로 거듭나라〉를 집필하면서 지금까지 수십 권의 자기계발서를 읽어왔지만 이 한 권의 책을 쓰면서 한층 더 성장했다는 것을 분명히 느낄 수 있었다.

나는 이 장의 제목을 통해 100권의 책을 읽는 것보다 1권의 책을 쓰는 것이 더 도움이 된다고 말했다. 이 말에 공감을 못하겠다고 생각하는 독자도 분명 있을 것 같은데 이 말은 단순하게 생각해봐도 틀리지 않다는 것을 알 수 있다.

읽는 것은 타인이 알려주는 정보와 메시지를 전달 받거나 그것을 자신의 것으로 만들기 위해 노력할 뿐이다. 하지만 쓰는 것은 타인에게 정보와 메시지를 전달해주기 위함이기 때문에 적어도 전달 받는 사람들보다는 더 많이 알아야하고 더 숙달되어 있어야한다. 그렇기 때문에 그만큼의 성장은 필수이게 되는 것이다. 쉽게 말해 학생일 때와 교사일 때는 모든 것이 차원이 다르다는 말이다.

학생은 배우려는 자세와 받아들이려는 마음가짐만 있으면 되지만 선생님은 수업을 하기 전부터 가르쳐야 하는 내용의 정보수집과 수업에 필요한 모든 것에 대한 준비가 되어 있어야 한다. 게다가 단지 내가 하려는 수업내용만 준비해야 되는 것이 아니라 수업 시간에 학생이 질문할 모든 것에 대한 대비가 되어 있어야 한다. 이러니 학생으로 100번의 수업을 듣는 것보다 선생님으로 한 번의 수업을 하는 것이 더 큰 공부가 되고 더 큰 성장이 되는 것은 분명한 사실이다.

그렇기 때문에 단순히 책을 읽는 것에서 한층 더 성장하려면 반드시 책을 쓰는 것을 시작해야 한다. 지금까지 그저 책을 읽기에만 치중했는데 갑자기 책을 쓴다는 생각을 하게 되면 막막하고 잘 보이지 않겠지만, 단순히 책을 쓰겠다는 마음을 먹는 것만으로도 지금 읽고 있던 책이 달리 보이기 시작한다.

내가 음악공부를 시작했을 무렵 그저 음악 듣는 것을 좋아해서 시작했지만 음악공부를 하루, 이틀, 일주일, 한 달 점점 더 배워나가자 지금까지 듣던 음악이 달리 들리기 시작했다. 그 전까지는 그저 좋은 멜로디 좋은 가사에만 집중해서 음악을 즐겼다면 어느 순간부터 이 음악의 악기 구성, 코드 진행, 편곡 스타일 등 음악을 분석해서 듣기 시작했다. 어떤 음악을 듣든 나라면 어떤 식으로 작업을 했을까? 어떤 스타일로 편곡을 했을까?라는 생각을 하면서 듣게 되었다.

이 책을 읽으면서 책을 쓰기로 결심한 당신 역시 이 책을 끝까지 읽고 난 뒤 다른 책을 볼 때는 지금까지와는 다른 시각으로 책을 바라보게 될 것이다. 이것은 절대 피곤한 일이 아니다. 오히려 반대로 흥미로운 일이 된다. 우스갯소리로 "아는 것이 많으니 먹고 싶은 것도 많다"라는 말을 하기도 하는데 말 그대로이다. 책도 그와 마찬가지다.

66 책은 아는 것만큼 보이게 된다. 99

당신은 자신이 지금까지 봐온 모든 책들을 작가가 전달하려는 메시지의 100%를 받아들이고 이해했다고 자신할 수 있는가? 작가 자신이 아니고서야 100%를 이해하는 것 자체가 가능할 리 없을 것이다. 하지만 적어도 작가의 메시지를 최대한 이해하기 위한 노력은 누구나 할 것이다. 그래서 봤던 책을 읽고 또 읽고 하지 않는가.

하지만 여기서 나는 감히 단언하건데 작가의 메시지를 제일 잘 이해할 수 있는 길은 자신이 작가가 되어 보는 것이라고 말하겠다. 누구나 그 사람의 입장이 되어보는 것만큼 그 사람을 잘 이해할 수 있는 방법은 없으리라. 언제까지나 학생의 입장에서 선생님의 입장을 대변하고 이해할 순 없다. 그 학생이 선생님이 되어보지 않는 한 말이다.

하나의 사과를 놓고 마주 앉은 두 사람이 같은 사과를 마주본다 하더라도 서로 사과의 다른 면만을 바라보고 있게 된다. 상대방이 바라보는 사과를 가장 잘 이해하기 위해서는 상대방의 자리로 가서 그 사과를 바라보는 것보다 더 좋은 방법은 없다.

그저 책을 읽는 것도 독자로서 10권을 읽는 것보다 저자의 입장에서 참고 도서로 1권을 읽는 것이 더 효율적이다. 그런데 저자가 자신의 책을 쓰면서 참고 도서로 1권의 책만 읽는 저자가 과연 있을까? 10권의 참고 도서만 읽었다고 하더라도 독자로서 100권의 책을 읽는 것보다 효과적이게 된다. 그러니 100권의 책을 읽는 것보다 1권의 책을 쓰는 것이 더 큰 공부가 되고 성장이 된다는 것은 당연한 일일 수밖에 없다.

음악도 이와 마찬가지인데 아무리 아마추어로 오랫동안 음악을 해왔다고 하더라도 1장의 정규앨범을 낸 사람이 더 낫다는 얘기가 있다. 1장의 앨범을 내려면 정확한 박자와 정확한 연주를 녹음해야 하는데 이런 일은 여간 쉬운 일이 아니다. 게다가 녹음에 들어가서 자꾸 실수를 하게 되면 자신 때문에 계속 녹음이 끊기게 되고 그 자리에 있는 모든 사람들에게 피해를 주게 되기 때문에 누가 시키지 않아도 대부분 녹음 전까지 수십 번, 수백 번의 연습을 하고 오는 것이 일반적이다. 이렇다 보니 1장의 앨범을 낼 때마다 엄청난 성장을 하게 되는 것이다.

이제 읽는 것을 넘어서 쓰는 것에 뛰어 들어라. 당신이 책 읽기를 좋아하고 지금까지 많은 책을 봐왔다면 더욱 더 이제 책 쓰는 것을 시작해야 한다. 익숙해진 그 자리에서 읽는 것에만 만족하지 말고 더 심도 있고 깊은 이해를 위해서라도 이제 책을 쓰도록 하자.

모든 사람은 독자다. 모든 저자도 독자다. 저자는 독자의 자리에 저자의 자리를 하나 더 놓았을 뿐이다. 당신도 단지 그러면 된다. 누구나 앉고 있는 독자의 자리에 저자의 자리를 하나 더 마련하면 된다. 그 의자는 분명 더 많은 것을 보여주고, 더 많은 것을 깨닫게 해주고, 더 많은 것을 가져다 줄 것이다.

내가 쓴 한 권의 책은 그저 읽기만 한 100권의 책을 일당백으로 커버한다. 자신의 책 한 권으로 반드시 한 층 더 높은 수준으로 올라서길 바란다. 그 곳에는 더 재밌고 더 즐거우며 더 큰 성공이 당신을 기다리고 있다.

step 05   이력서, 사직서 대신 책을 써라

인 터넷 검색 포털 사이트에서 '취업률'이란 단어를 검색해보
면 아무개대 취업률 몇%, 전국 몇 위라는 뉴스가 끝없이
검색된다. 전국에 있는 대학교마다 청년 취업을 가장 큰 홍보 수
단으로 쓰고 있으며 매년 청년 취업률과 실업률은 사회적 큰 이
슈로 대두 되고 있다.

매년 청년들은 심각한 취업난에서 살아남기 위해 끊임없이 자
신의 스펙을 쌓기 위해 노력하고 있으며 심지어 '취업 성형'까지
하며 외관적인 스펙을 쌓는 노력까지 하기 시작했다. 하지만 이
런 스펙도 쌓을 수나 있으면 다행이다. 어학연수나 취업 성형 등
의 스펙을 쌓기 위해 적게는 수백에서 수천만 원까지의 돈이 들
어가는데 이런 큰돈을 가진 취업준비생이 얼마나 되겠는가? 취업
준비는 해야 하지만 돈은 없는 빈곤한 학생을 일컫는 스튜던트
푸어(Student Poor)라는 말은 괜히 나온 말이 아니다. 결국 어디에서
든 지원을 받을 수 없는 취업준비생은 동일한 조건에서 경쟁조차

할 수 없는 것이다.

하지만 그런 스펙을 넘어서 그보다 더 돋보일 수 있는 스펙이 있다. 누구나 마음만 먹으면 할 수 있고 쌓을 수 있는 그런 스펙 말이다. 그것은 바로 자신의 책을 출간하는 것이다.

취업률에 관해서 검색을 하다가 반가운 뉴스를 하나 접했다. 다음 내용이 바로 그 뉴스의 내용 중 일부이다.

'독서의 계절'을 맞아 한 대학에서 '밤샘 책 읽기' 행사를 열었다고 한다. 이 행사는 최근 젊은이들이 스마트폰에만 익숙하고 책 읽는 것에는 어색함을 느끼며 취업용 스펙을 쌓기에만 열을 올리고 독서에는 관심이 없는 만큼 책을 가까이 하는 문화를 확산시키기 위해 마련되었으며 무박2일간 진행되었다고 한다.

해당 대학의 총장은 "대학에는 서정과 낭만이 있는 다양한 문화가 존재해야 함에도, 우리나라 대학에서는 취업을 위한 각종 자격증 취득, 해외 연수 등 스펙 쌓기에만 치중하고 있어 안타깝다"고 말했다. 이어 "그동안에는 스펙이 좋은 사람이 좋은 직장에 취업할 수 있었지만, 이제는 세상이 많이 변해 보다 자유롭고 다양한 문화를 접해보는 것이 오히려 도움이 될 것"이라고 덧붙였다.

해당 대학은 이 같은 노력의 결과로 교육부가 발표한 2014년 전국전문대학취업률 정보공시에서 나타나는데 해당 대학은 취업률 66.1%로 광주, 전남지역 일반계열 전문대학 가운데 입학 당시 취업자를 제외한 학생 취업률 1위를 달성했다.

나는 책 쓰기가 다른 어떤 스펙보다 더 효과적이고 돋보인다고 설명하려 했다. 하지만 이미 뉴스에서 나의 주장을 대변해주는 기사가 실려 있었다. 책을 읽는 것만으로도 저런 효과를 불러일으키고 있는데 자신의 책을 출간한다는 것은 얼마나 큰 스펙이 되며 자신을 어필하는데 큰 힘이 될 것인지는 굳이 설명하지 않아도 짐작할 수 있을 것이다.

책을 쓴 저자에게는 명함조차도 필요 없다. 당신이 어떤 자리에 어떤 사람을 만나든 자신의 책으로 자신을 소개한다면 그보다 더 화려한 명함은 없을 것이다. 입장 바꿔서 누군가가 당신에게 자신이 쓴 책이라고 하면서 자신을 소개한다면 그 사람을 바라보는 당신의 인식은 어떠한가? 그 사람이 가벼워 보이는가? 우스워 보이는가? 절대 그렇지 않을 것이다.

이제 당신이 그 사람의 자리에 가면 된다. 다른 사람이 당신을 바라보는 시각을, 인식을 바꿔주도록 하라. 책을 출간한 저자에게는 그 나이가 적든 많든 누구도 함부로 대하지 않는다. 어딜 가든 존중받고 존경 받는다. 당신이 돈이 있든 없든 학력이 좋든 나쁘든 말이다. 책은 그런 힘을 가지고 있다.

앞서 취업과 관련해서 자신의 책이 얼마나 크게 작용하는지에 대해 말했다. 하지만 그 반대도 마찬가지다. 어렵게 취업한 사회생활 역시 어느 한 부분 녹록한 부분이 없다. 제때 승진하는 것도 쉽지 않고, 자신이 생각했던 환경과는 너무 다른 환경에 적응조차 쉽지 않다.

그만 두고 싶은 마음에 하루에도 열두 번은 더 사직서를 썼다가 버리고 다시 쓰고 다시 버리고, 심지어 써놓은 사직서를 언제든 때만 되면 내던지겠다며 사직서를 품고 다니는 사람도 부지부수라고 한다. 그렇게 힘들게 취업한 직장임에도 불구하고 말이다.

나 역시 직장 생활을 해봤기 때문에 그 심정은 충분히 이해한다. 불합리하고 불공정한 일이 한, 두 가지가 아니며 그런 일도 참고 견뎌야 하는 자신에게 염증도 느끼게 된다. 그런 날이 하루하루 쌓이다보면 사직서를 쓰고 그만 두고 싶은 마음이 안 생길래야 안 생길 수가 없는 노릇이다.

하지만 이 역시 자신의 책을 씀으로써 모든 걸 해결할 수 있다. 사직서를 쓰고 버리는 일 대신 자신의 책을 쓰도록 해야 한다. 어느 순간부터 직장인이 자신의 책을 쓰는 수요가 점점 늘고 있다. 이것이 무엇을 의미하겠는가?

직장을 다니면서 책을 쓰는 것이 힘들어 보이겠지만 오히려 그 순간이야 말로 책을 써야하는 적기이다. 책을 쓰는 대부분의 직장인들은 책의 주제를 자신이 지금 몸담고 있는 직장에 관련된 내용이나 직장인들의 공감을 얻을 수 있는 주제로 글을 쓴다.

그렇다면 이런 주제의 책을 쓸 때 가장 좋은 사례나 소재를 찾을 수 있는 곳은 어디겠는가? 바로 자신이 몸담고 있는 직장이다. 오늘 하루 근무하면서 있었던 일이 사례로 들어갈 수도 있고 직장동료와의 대화가 책에 들어갈 사례가 되기도 한다. 작가를 전업으로 삼는 사람들은 새로운 책을 기획할 때마다 새롭고 신선한 주제와 소재를 찾기 위해 많은 노력을 한다. 하지만 현장에서 일을 하고 있는 직장인들은 그 현장이 바로 자신의 책의 주제이자 소재인 것이다.

그리고 직장인이 자신의 책을 출간하게 되면 군계일학처럼 돋보이게 된다. 내가 아는 직장인은 자신의 책을 쓰고 나서 얼마 되지 않아 더 좋은 직장으로 스카우트 되어 가는 경우도 보았다.

답답한 마음에 당장 사직서를 내고 그만두고 싶겠지만 그보다 더 큰 문제는 아무런 준비도 되어있지 않은 상태에서 갑자기 권고사직을 당할 수 있다는 것이 더 큰 문제이다. '평생직장'이라고들 말하지만 명예퇴직의 나이는 정해져있고, 어느 한 순간에 갑자기 직장을 잃게 되는 일도 비일비재하다. 주위만 둘러봐도 아무런 준비도 되어 있지 않은 상태에서 직장에서 퇴출당하는 사람은 쉽게 찾아볼 수 있다.

하지만 당신이 자신의 책을 쓰고 있고, 자신의 책을 출간한 사람이라면 그런 것을 두려워할 필요가 없다. 책은 당신의 제 2의 인생을 열어줄 것이다. 어떻게 이런 일이 가능한지에 대해서는 뒤에 다시 이야기하도록 하겠다.

당신이 사원이든, 대리이든, 과장이든, 부장이든 직책은 상관

없다. 중요한 것은 당신의 책을 가지고 있는 직원이냐 그렇지 않느냐일 뿐이다.

지금 있는 직장에 염증을 느끼는가? 그렇다면 책을 써라.

지금 있는 직장에서 더 나은 위치에서 더 나은 대우를 받고 싶은가? 그렇다면 책을 써라.

지금 있는 직장보다 더 좋은 직장으로 옮기고 싶은가? 그렇다면 책을 써라.

지금 있는 직장에서 동기들 보다 더 돋보이고 더 빠른 승진을 원하는가? 그렇다면 책을 써라.

책 쓰기는 이 모든 것을 가능케 한다. 취업을 준비하고 있는 사람이든 현재 직장에 몸담고 있는 사람이든 자신의 책은 자신의 가장 강력한 무기가 되어 줄 것이다. 책 쓰기는 명실상부 최고의 스펙이다. 더 이상 망설이며 시간을 허비하지 말고 이 책과 함께 당장 책 쓰기를 시작하도록 하자.

step 06 책 한 권이면 자기계발은 끝!

시간이 흐를수록 자기계발의 인기는 점점 더 커지고 있다. 단순히 배우고 싶고, 취미로 자기계발을 하는 것만이 아니라 어느새 자기계발은 필수적인 해야 하는 사회적 풍토처럼 되어가고 있다. 예전에는 '기술 하나만 있으면 먹고 사는데 지장 없다'라고 했지만 요즘은 기술 하나만으로는 정말 먹고 살 정도만되는 버거운 시대가 되어 버렸다. 그렇기 때문에 누구 시키지 않아도 자연스럽게 자기계발에 점점 더 열을 올리는 사람들이 점점더 늘어갔고, 자신을 더 발전시켜 남보다 높거나 혹은 남다른 독특한 스펙을 쌓기 위해 노력한다.

한 취업포탈 사이트에서 20~50대 이상 직장인과 취업준비생 314명을 대상으로 '현재 자기계발을 하고 있느냐?'라는 질문에 대해 조사한 결과, 전체 응답자의 79.6%가 '그렇다'라고 답했다. 그리고 하루 평균 자기계발에 투자하는 시간은 '1~2시간'

이 52.4%로 가장 많았고, '1시간 미만'이 25.6%, '2~3시간'이 12.4%, '3시간 이상'이 9.6% 였다.

자기계발을 하는 시간대는 '퇴근 후 저녁시간'이 46%로 가장 많았으며, '주말이나 휴일'이 24.8%, '출, 퇴근 시'가 13.6%, '출근 전'이 8.4%에 달했다.

직장인과 취업준비생이 가장 많이 하고 있는 자기계발 활동으로는 '영어 공부'가 47.6%로 가장 많았으며, 그 다음으로 '업무관련 전문 지식'이 33.2%, '업무관련 자격증 취득'이 29.2%로 뒤를 이었다. 업무가 아닌 '취미나 특기 분야의 공부'를 한다는 사람도 21.6%나 되었으며, '컴퓨터 활용 능력', '제2외국어'가 16.4%, 11.6% 순으로 뒤를 이었다.

자기계발 성공법과 관련된 질문에 대해서는(복수응답) '현실적으로 달성 가능한 목표 세우기'가 46.8%로 가장 많았으며, '공부하는 습관들이기', '본인에게 잘 맞는 교육 방식 찾기', '일, 주, 월별로 구체적인 실천 계획 세우기' 등이 각각 38%, 37.2%, 26.4%의 순을 기록했다.

이 조사 결과는 모 신문사에 뉴스로도 보도 된 적이 있다. 이미 많은 사람들이 직장을 다니면서 영어 학원을 다니기도 하고, 대학교를 졸업하고 대학원을 가기도 하며, 그림을 그리면서 음악을 배우기도 하면서 자기계발에 열을 올리고 있다.

이렇게 갈수록 자기계발에 열을 올리는 것은 정말 단순히 시대적인 흐름에 맞추기 위함일까? 아니면 단순히 남과 다른, 남보다 뛰어난 스펙으로 더 좋은 직장을 가지기 위해서일까? 물론 그런 것도 없지 않아 있겠지만 그보다 더 근본적인 목적은 어떤 상황이든 현재 자신의 상황이나 환경보다 더 낫고, 더 좋은 상황과 환경을 만들고 싶어서일 것이다.

인간은 성장하는 동물이다. 원시시대 때부터 성장을 해왔기 때문에 지금의 시대가 있고, 지금의 환경이 있는 것이다. 어찌 보면 자기계발은 인간의 가장 기본적인 본능일지도 모르겠다. 언제나 더 나은 환경을 원하고 더 좋은 것을 소유하고 싶은 것은 누구나 다 마찬가지이다. 자기계발을 하는 것 자체가 내면에 더 나은 환경과 더 좋은 것을 취하고 싶은 욕구가 있기 때문에 하는 것이다.

자기계발 그 자체가 그런 상황을 만들어내는 것은 아니겠지만 자기계발을 하면서 그런 환경으로 갈 수 있는 요소들을 모으고 있다고 봐도 무관하다. 마치 자신의 소원을 이루기 위해 드래곤볼을 모으는 것처럼 말이다. 하지만 여기 자기계발을 하는 것 자체가 성공과 더 나은 환경을 만들어주는 최고의 자기계발이 있다. 그것이 바로 책 쓰기이다. 힘들게 7개의 드래곤볼을 모아 소원을 이루는 것이 아니라 책 쓰기 하나만으로 많은 소원을 이룰 수 있는 최고의 자기계발인 것이다.

위의 설문조사를 보면 자기계발을 하는 시간대로는 '퇴근 후 저녁시간'이 제일 많았으며 자기계발을 하는 시간은 대부분 '1시간 내외'였으며, 자기계발을 하는 분야로는 하고 있는 '직종에 관한 것'이 제일 많았다.

이 세 가지의 요건을 충족하는 최적과 최고의 자기계발은 두말할 필요도 없이 바로 책 쓰기이다. 매일 퇴근 후 1시간 내외로 지금 하고 있는 일에 대한 것을 주제로 책을 쓰는 것이다. 그렇게 매일 1시간 내외로 하고 있는 일에 대한 책을 쓰다보면 어느새 금방 책 1권 분량의 원고가 나오게 된다.

이런 식으로 자기계발로 책 쓰기를 하게 된다면 그저 하고 있는 일에 대한 공부나 자격증 준비를 하고 있는 사람과는 차원이 다른 결과를 얻게 될 것이다. 자기계발로 매일 하고 있는 일에 대한 공부나 자격증 준비를 한 사람이 그 결과로 오리 알을 낳고 있다면 자기계발로 매일 하고 있는 일에 대한 책을 쓰고 있는 사람은 그 결과로 황금 알을 낳게 될 것이다.

책 쓰기를 공부나 자격증 준비를 하는 자기계발과 다른 개념으로 생각할 필요는 없다. 책 쓰기는 공부와 같은 자기계발 방식보다 한층 더 높은 수준의 자기계발이라고 인식하는 것이 바람직 하겠다. 앞서 100권의 책을 읽는 것보다 1권의 책을 쓰는 것의 차이를 학생과 선생의 자리로 설명했다. 그것처럼 그저 배움의 자세로 공부를 하는 것보다 가르치고 알려주는 자세로 책을 쓰는 것은 차원이 다른 문제다. 그 자세의 차이만큼 성장의 차이도 확연히 다르다.

하지만 내가 책 쓰기가 자기계발의 정점이라고 말하는 것은 단지 이 차이 때문이 아니다. 이 자기계발의 정점은 단순히 책을 쓰면서 성장하는 것뿐만 아니라 책이라는 결과물로 인해서 펼쳐지기 시작한다. 책을 쓰면서 많은 공부가 되고 성장하게 되는 것도 충분히 큰 자기계발이 되지만, 그렇게 쓴 책이 출간하게 되면 그 어떤 공부나 자격증보다 더 크고 더 넓은 기회와 성공을 가져다준다.

직장에서 더 나은 환경, 더 나은 조건들을 만들기 위해 자기계발을 하는 것이라면 책이 출간되는 순간에 바로 그러한 것들이 다 이루어지게 된다. 같은 직장의 동기라 하더라도 뭘 하더라도 더 잘 알고, 더 잘 하는 동기가 돋보이게 되는 것은 당연한 일이다. 같은 직장의 동기라도 더 많은 자격증을 가지고 있다면 더 좋은 대우를 받는 것 역시 당연한 일이다. 그렇다면 같은 직장의 동기가 해당 분야의 책을 출간한 사람이라면 어떨 것 같은가?

지금 혹시 다른 동기들은 하고 있는 일이나 영어와 관련된 공부를 하면서 자기계발에 투자를 하고 있다면 당신은 지금 바로 책을 쓰는 일에 투자하라. 같은 시간을 투자해도 확연히 다른 결과를 가지고 올 것이다. 이미 이것을 인지하고 책을 쓰고 있는 직장인들은 점점 더 늘어나고 있다. 그런 사람들은 자신의 동기나 지인들이 책을 출간하고 나서 환경이 어떻게 바뀌었는지 직접 자신의 눈으로 확인했을 가능성이 높다. 직접 두 눈으로 확인했기 때문에 확신을 가지고 책을 쓰기 시작했을 것이다.

책 쓰기 자기계발은 꼭 직장인들에게만 해당되는 것은 아니다. 현재 자신이 자기계발로든, 취미생활로든 하고 있는 어떤 분야라 하더라도 책으로 쓸 수 있다. 취미로 등산을 하고 있다면 등산에 관한 여행에세이를 써도 좋고, 자기계발로 춤을 배우고 있다면 취미로 춤을 배우는 것이 얼마나 재밌고 좋은지에 대해 책으로 쓰면 된다.

그 어떤 것도 책으로 쓸 수 있다. 책을 쓰는 노하우만 알고 있다면 말이다. 그 노하우는 이 책에 모두 담겨있다. 이제 시작만 하면 된다. 분명한 건 책 쓰기는 명실 공히 최고의 자기계발이란 점이다.

두 달 안에
누구나
작가가 되는
책 쓰기 비법

2장

책은
성공으로 가는
지름길이다

step 01 책으로 성공한 그들

내가 책을 써야겠다고 결심한 이유는 물론 책을 좋아하고 작가의 길에 대한 열망이 있었기 때문이기도 하지만 결정적으로 모든 것을 내려놓고 책 쓰기에 올인(All-in)하게 된 이유는 책을 내고 난 뒤 작가로서 제 2의 화려한 삶을 살아가는 이들을 직접 내 눈으로 확인했기 때문이다. 그들은 평범한 샐러리맨과 평범한 주부에서 책을 씀으로써 제 2의 인생을 살기 시작했다.

당신은 한책협의 김태광이란 작가를 아는가? 한책협은 [한국 책 쓰기 성공학 코칭 협회]를 줄인 말이다. 이 협회의 총수인 김태광 작가는 책을 쓰는데 목숨을 건 사람이라고 할 수 있다. 그는 심각한 생활고를 겪으면서도 책을 쓰는 것을 포기하지 않았고, 심지어 아버지와 여자 친구까지 하늘로 보내는 슬픔을 겪었지만 끝내 책 쓰는 것을 멈추지 않았다. 그렇게 애써 원고를 완성시켰 었지만 모든 출판사들은 거듭 그의 제안을 거절하고 말았다. 그 럼에도 그는 포기하지 않았다. 오히려 자신의 버킷리스트를 작성하며 반드시 할 수 있다는 믿음을 확고히 다졌다.

[김태광 작가의 버킷리스트]

베스트셀러 작가되기

대한민국 최고의 성공학 강사되기

TV, 라디오에 출연하기

해외에 저작권 수출하기

내가 쓴 글이 교과서에 실리기

대기업 등에 칼럼 쓰기

두 달에 책 한 권 출간하기

책 100권 쓰기

대형서점에서 사인회 하기

그는 이 버킷리스트를 얼마나 이루어 냈을까? 그렇다. 그는 자신의 버킷리스트를 모두 이뤘다. 그의 책은 베스트셀러는 물론 중국과 대만, 태국 등에 저작권을 수출했으며, 그의 글은 초등학교 4학년 도덕교과서에 수록되기도 했다. 그리고 서른여섯이란 나이에 110여 권의 책을 펴내 기네스북에 등재되기도 했으며 강연과 칼럼 등으로 명실 공히 대한민국 최고의 성공학 강사가 되었다.

현재 그는 외제차 3대의 오너이며(그 중에 한 대가 람보르기니다.) 강

남에 있는 고급 고층아파트에서 거주하며 최고의 삶을 살고 있다. 내가 그를 최고의 삶을 살고 있다고 칭하는 것은 단지 그가 돈을 많이 벌어서만은 아니다. 그는 돈도 많이 벌었지만 그보다 더한 명예를 벌었기 때문이다. 많은 사람들이 그의 코칭으로 인해 자신의 저서를 내게 되었으며 많은 사람들이 성공적인 제 2의 인생을 살게 되었다. 많은 사람들이 그를 따르며 그를 존경한다. 젊은 나이에 부와 명예를 다 가진 그는 자타공인 성공자의 삶을 살고 있다 말할 수 있지 않겠는가?

그는 언제나 책 쓰기를 권한다. 책 쓰는 것이 부와 명예를 다 취할 수 있는 최고의 방법이라 확신하며 많은 사람들에게 이 일을 전파하고 있다. 나 역시 그의 영향을 많이 받았으며 그의 영향으로 첫 저서를 쓸 수 있었고, 지금 이 책 역시 그의 영향을 많이 받았음을 고백한다. 나뿐만 아니라 그로 인해 작가로 데뷔한 사람은 수도 없이 많으며 지금도 그의 도움으로 작가로 데뷔하는 사람들은 계속해서 나오고 있다.

김태광 작가의 도움으로 작가로 데뷔하여 화려한 작가와 강연가의 삶을 살고 있는 대표적인 인물이 있는데 바로 <엄마의 꿈이 아이의 인생을 결정 한다>의 김윤경 작가이다. 김윤경 작가는 존슨앤드존슨 북아시아 디지털 혁신 총괄이사로 근무하고 있지만 두 마리 토끼를 잡기위해 매일 새벽 5시에 출근하고 저녁 10시에 퇴근하면서도 틈틈이 자신의 경험을 토대로 엄마가 꾸는 꿈이 아이에게 어떤 영향을 끼치는지에 관한 이야기를 담은 책을 썼고 결국 〈엄마의 꿈이 아이의 인생을 결정 한다〉를 출간 할 수 있었다. 그렇게 책을 출간하고 난 뒤 자녀가 있는 여성들의 전폭적인 지지를 받으며 현재는 대학과 기업 등에서 강연과 각종 세미나로 눈코 뜰 새 없이 바쁜 삶을 살고 있다. 그녀는 현재 자타공인 '꿈 전도사'로 더할 나위 없이 행복한 삶을 살아가고 있다.

이런 이야기가 나와 동떨어진 나와는 상관없는 그런 사람들의 이야기로 보이겠지만 당신도 자신의 책이 출간되는 순간 이런 일들이 펼쳐질 수 있다. 물론 책을 출간한 모든 사람들이 그런 삶을 살고 있는 것은 아니지만 나는 분명 나의 두 눈으로 그들의 변화를 직접 목격했다. 책으로 인해 점점 변해가는 그들의 삶으로 인해 나 역시 확신을 가질 수 있었던 것이다.

그들도 지극히 평범한 직장인이었고, 평범한 주부였다. 하지만 책으로 인해 화려하게 달라진 삶을 살게 되었다. 그들이 할 수 있었다면 당신도 할 수 있다. 그들이 책을 썼다면 당신도 책을 쓸 수 있다. 당신도 책을 써서 그들처럼 화려하고 성공적인 작가의 삶을 걷겠다는 열망을 자신 속 가득히 채워라.

황금률을 알고 있는가? 황금률이란 예수의 가장 큰 가르침이자 윤리관으로 "무엇이든지 남에게 대접을 받고자 하는 대로 너희도 남을 대접하라."라는 가르침이다. 여기서 왜 뜬금없이 황금률을 이야기 하냐면 책도 마찬가지라고 생각하기 때문이다.

책을 쓰기 위해 바쁜 하루 동안 틈틈이 내는 시간, 책에 좋은 내용을 담기 위해 여러 자료를 찾아보고 수집하는 노력, 이 책을 통해 전하려는 메시지와 전해주고 싶은 마음. 이 모든 것들이 모여 책으로 출간되고 책에 담은 이 모든 것들은 독자에게 전해진다. 그리고 그렇게 많은 독자에게 감동과 가르침을 주면 주는 만큼 부로든 명예로든 작가 자신에게 돌아오게 된다고 나는 믿고 있다.

　책을 출간함으로써 부와 명예를 가지게 된 사람들의 이야기를 하면서 책이 가져다주는 성공적인 요소들에 대해 말을 했지만 대부분의 사람들이 책을 부와 명예를 갖기 위한 수단으로 쓰진 않는다. 자신이 깨달은 메시지나 지식을 공유하고 전달하고 싶은 마음으로 책을 쓰는 것이 대부분이며 부와 명예는 그저 따라오는 부가적인 요소에 불과하다.
　개인적인 바람이지만 처음부터 부가적인 요소에만 집중하고 부가적인 요소만을 위해 책을 쓰진 않았으면 한다. 책으로 인해 이렇게까지 성공할 수도 있다고 말하는 것은 책을 쓰는 과정이 힘들겠지만 당신이 상상도 못할 결과를 가져올 수도 있으니 힘들고 괴로워도 포기하지 않았으면 하는 마음에서이다.
　글을 쓸 때는 진심으로 전해졌으면 하는 마음과 꼭 전달하려는 메시지가 온전히 담겨지는 것에만 집중해야 한다. 위에서 황금률에 대해 말했던 것도 이 이유에서이다. 부와 명예 같은 부가적인 요소는 당신이 책에 얼마나 많은 노력과 열정을 담았느냐에 따라 말 그대로 부가적으로 따라오는 요소이다. 그것이 주가 되어서는 담으려는 모든 것을 온전히 담아내지 못한다.

나는 진실은 통하는 법이라 생각한다. 그 진실이 빠르든 늦든 말이다. 진심을 담은 책 역시 전해지는 법이다. 열정과 진심을 다해 책을 써라. 그 책은 당신이 생각도 못한 방법으로 분명히 그 진심을 돌려줄 것이다. 공자는 이런 말을 했다.

66 **어디를 가든지 마음을 다해 가라.** **99**

step 02　나의 책은 든든한 은퇴자본이다

"**하**루 100만원 벌던 사장님, '부도 후 결국 경비원으로"

이것은 모 신문사 뉴스의 기사 제목이다. 뉴스에 내용은 대략 이러하다.

아파트 경비원 박씨는 젊어서 잘 나가는 사장님이었지만, 사촌의 보증을 잘못 서줬다가 하루 아침에 부도를 맞았고, 어떤 금융구제도 받지 못했다. 그 후 이 일 저 일을 해봤지만 결국 지금은 8개월 째 아파트 경비원으로 일하고 있게 되었다. 재기해보려 애써봤지만 어느새 박씨의 나이는 58세로 달리 일자리를 구할 수 있는 곳이 없었다고 한다.

뉴스는 계속 이어진다.

지난 7월 통계청의 '고령층 부가조사' 결과에 따르면 55세 ~75세 고령층 인구(1137만 8000명) 가운데 일하기를 원하는 사람은 62%(705만 2000명)에 이르는 것으로 나타났다. 대다수가 '생계비 마련(54%) 때문이다. 고령층은 72세까지 근로를 희망하지만 실제로 가장 오래 근무한 일자리에서 그만두는 연령은 만 49세로 나타났다. 은퇴 후 재취업은 '필수'인 것이다.

문제는 노년의 경제활동 참가율은 높은데 일자리는 경비원이나 청소원, 주차관리인 등 질 낮은 임시직에 제한되어 있다는 점이다. OECD에 따르면 한국의 65세 이상 근로자의 61.85%가 임시직(OECD 가입국 평균 19.53%)으로 일하고 있다.

고령화가 가속화된 현재는 경비원 취직마저도 '하늘의 별따기'가 되고 있다. 서울 지역 공사현장 경비원 김모씨(54)는 "근처 한 공사장의 경우 경비원 대기자가 20명"이라며 "5년 전만 해도 경비로는 쉽게 들어갈 수 있었는데 요새는 경쟁률이 세서 아무나 못 들어간다. 50대에 밀려서 60~70대는 어렵고 학벌도 본다."고 귀띔했다.

이 뉴스기사뿐만 아니라 은퇴 후의 재취업이 얼마나 힘든지는 검색만 해봐도 알 수 있을 만큼 사회적인 문제가 되고 있다. 다른 신문사의 한 기사에서도 비슷한 뉴스를 접할 수 있었는데 서울시 고령자 취업훈련센터의 교육 과목을 보면 경비, 주차, 배달 설문조사 등 단순직종이 전부이고 석사나 박사, 대기업 임원 등 고(高)스펙 출신들도 나이가 많다는 이유로 외면당하고 있다고 했다. 이런 것만 보더라도 은퇴 후 재취업의 길이 얼마나 험난한지를 잘 알 수 있다.

그래서 은퇴를 하면서 받은 퇴직금과 지금까지 모아둔 돈을 모두 투자해서 창업하는 경우가 굉장히 많은데 이 경우도 살아남기란 여간 녹록치 않다. 또 다른 신문사의 한 뉴스를 보면 잘 알 수 있는데 특별한 기술이나 경험이 없어도 창업이 가능하고 창업비용이 다른 창업에 비해 저렴하다는 이유로 은퇴 후 치킨 창업을 선택하는 경우가 많다고 한다.

하지만 통계청 '도, 소매업 조사' 결과에서 보면 전국 치킨 전문점은 2011년 기준 2만9095개, 인구 1782명당 한 집 꼴이라고 한다. 2006년 이후 5년간 치킨 전문점은 27% 증가한 것으로 나타났지만 치킨 전문점의 평균 생존 기간은 2.7년으로 음식점 평균(3.2년)보다 짧게 나타났다.

이것은 은퇴를 하면서 지금까지 몇 십 년 동안 모아둔 모든 돈을 투자해 치킨 전문점을 차렸지만 2년에서 3년 사이에 결국 폐업을 하게 돼 빈털터리가 되는 경우가 허다하다는 말이 아닌가? 치킨 전문점을 운영하는 2년에서 3년 사이동안 편하게 즐기며 살았으면 억울하지나 않을 것이다. 치킨 전문점을 하고 있는 지인이 있어 한 번 물어본 적이 있는데 차라리 회사 다닐 때가 훨씬 좋다고 할 만큼 쉬는 날도 없이 하루 12시간 이상 서서 일해야 한다고 했다. 그럼에도 2년에서 3년 사이에 폐업하는 가게가 수두룩하다고 하니 창업은 은퇴 후의 가장 달콤한 유혹이겠지만 그만큼 큰 리스크를 안고 있음은 분명한 사실이다.

이런 것만 보더라도 은퇴 후의 삶은 너무나 불투명하고 불안할 수밖에 없다. 평생 쓰고 남을 돈을 비축해두지 않는 이상 누구에게나 공감되고 걱정되는 문제인데 이 모든 것을 날려버릴 수 있는 최고의 은퇴준비가 바로 책 쓰기이다.

어느 직장이든 정년이란 것은 정해져 있고, 정년까지 가기도 전에 언제 권고사직을 당할지도 모르는 불안감이 있다. 은퇴 후 창업을 선택하는 이유도 그것이 가장 큰 이유이지 않겠는가? 내가 사장이 되면 내가 그만두지 않는 한 평생 일을 할 수 있다는 것이 창업에 뛰어드는 가장 큰 매력일 것이다. 그것 때문에 그렇게 큰 리스크를 안고 뛰어 드는 것이다.

하지만 책 쓰기에는 은퇴란 없다. 은퇴뿐만 아니라 권고사직이란 것도 없으며 상사와 부하 직원조차 필요하지 않다. 내가 멈추지 않는 한 책 쓰기에 은퇴란 있을 수 없으며 오히려 나이가 들면 들수록, 책을 쓰면 쓸수록 책을 쓸 수 있는 소재와 그 질은 더 깊어진다. 쓰면 쓸수록 존경 받으며 쓰면 쓸수록 자유로워진다.

지금까지 모아둔 모든 돈을 투자하는 리스크를 안을 필요도 없으며 오히려 하면 할수록 큰돈이 내게 들어오게 된다. 책을 쓰는 것에 투자금따위는 필요하지 않으며 책을 내면 낼수록 적게는 몇 백에서 많게는 억 단위까지의 수익을 낼 수도 있다. 또한 그렇게 단발성의 수입으로 끝나는 것이 아니라 책이 판매되는 만큼 계속해서 인세가 들어오기 때문에 출간한 책이 쌓이면 쌓일수록 매달 들어오는 인세금액도 올라가는 것이 인지상정, 두 말하면 입이 아플 정도이다.

은퇴 후 연금을 받기 위해 지금 얼마나 많은 돈을 넣고 있는가? 그렇게 넣고 은퇴 후 매달 들어오는 연금은 얼마인가? 그렇게 애써 연금에 돈을 부을 노력으로 매일 매일 책을 쓰고 책을 출간하는데 최선을 다하라. 인세라는 저작권은 당신이 죽을 때까지 당신의 삶을 보장할 것이고, 당신의 삶을 풍요롭게 해줄 것이다.

인세뿐만이 아니다. 책을 출간하게 되면 책의 저자를 그 분야의 전문가로 인식하기 시작하여 칼럼요청과 강연요청, 방송매체 출연 제의가 자주 들어오게 된다. 칼럼이나 강연, 방송매체 출연에 나이 제한이 있었던가? 조건은 불구하고 어디의 어떤 제의가 들어오든 작가에게 예의와 존중을 갖춰 대우를 해줄 것이다.

작가로의 삶을 살게 되는 순간 죽을 때까지 존경을 기본으로 한 대우와 대접을 받게 될 것이다. 힘들게 하루 12시간 서서 일하면서 손님과의 실랑이를 벌이는 일은 하지 않아도 된다. 지금이라도 늦지 않았다. 아무것도 늦지 않았다. 이 책을 끝까지 읽고 노하우를 내 것으로 익혀 책을 쓰면 된다.

어떤 초보 작가는 이런 노하우를 알게 된 후 일 년 만에 10권 정도의 책을 출간하기도 했다. 당신도 그렇게 될 수 있다. 열정을 가지고 이 노하우를 마음껏 써라. 그리고 그것으로 자신의 은퇴와 노후를 준비하라. 책으로 누구나 동경하고 부러워할 만한 노후를 지금 당장 설계하라.

step 03 초, 중, 고등학생도 책을 쓸 수 있다

결론부터 말하자면 책 쓰기에 나이는 정말 숫자에 불과하다. 어리다고 해서 쓰지 말란 법도 없고, 나이가 들었다고 책을 쓰지 말란 법도 없다. 오히려 어린 만큼 신선하고 독특한 책이 나오기도 하고, 나이가 든 만큼 지혜롭고 깊은 노하우가 담긴 책이 나오기도 한다. 책 쓰기는 정말 남녀노소불문인 것이다.

분명 글마다 좋은 글이 있고, 훌륭한 글이 있다. 하지만 반드시 좋고 훌륭한 글만 담아야 좋은 책이 되고, 훌륭한 책이 되는 것은 아니다. 내가 생각하는 좋은 책은 많은 사람들의 공감을 얻은 책이라고 생각한다. 초, 중, 고등학생들이 숙련되고 경험이 많은 어른들보다 좋은 글이나 훌륭한 글을 쓰지 못할 수는 있지만(초, 중, 고등학생들 중에서도 깜짝 놀랄 만큼 좋고 훌륭한 글을 쓰는 학생들도 굉장히 많다) 초, 중, 고등학생들이라고 해서 많은 공감을 얻지 못한다는 법은 없기 때문이다. 오히려 학생들의 눈과 생각은 어른들의 비해 고정관념이나 편견이 없기 때문에 더 순수하고 가감

없는 적나라한 이야기들을 책에 담을 수 있다.

게다가 요즘은 그 어떤 정보라도 마음만 먹는다면 인터넷이란 정보의 바다에서 찾을 수 있고, 얻을 수 있다. 그리고 요즘은 어른들보다 학생들이 인터넷 사용에 더 빠삭하지 않던가?

그리고 학생들에게 책을 쓰라고 권하는 가장 큰 이유가 바로 학생시기에 꼭 한 번은 찾아오는 사춘기 때문이다. 사춘기를 요즘은 중2병이라고도 부르기도 하는데 책 쓰기가 이 시기에 큰 도움이 되기도 한다. 사춘기에는 모든 것이 부정적이고 자신의 생각을 어디에도 말하지 않으려 한다. 그래서 반항적이라는 표현을 쓰는 것인데 책 쓰기를 하면 그 누구에게도 표출하지 않는 자신의 심정이나 생각을 책 쓰기로 표출할 수 있게 된다.

그리고 그런 식으로 표출을 하게 되면 그런 감정자체가 많이 수그러든다. 속에 담아둘수록 억압될수록 더 반항하게 되고 더 부정적이게 되겠지만, 책 쓰기를 통해 그런 감정들을 표출하는 아이들은 그렇지 않은 아이들보다 확실히 그 강도가 약해진다. 이 나이 때는 감수성이 굉장히 풍부해지는데 그런 감수성은 어떤 식으로든 표출되려 한다. 주위를 둘러보면 감수성이 풍부한 사람은 눈물도 많고, 잘 웃으며 자신의 감정 표현에 굉장히 충실한 사람이지 않은가. 사춘기 때는 이 감수성이 가장 풍부한 시기면서도 가장 표현을 하지 않는 시기이기 때문에 책 쓰기로 감수성을 표출하게 되면 아무래도 그렇지 않은 아이들보다 그 강도가 약해질 수밖에 없는 것이다.

선진국일수록 어릴 때부터 독서 습관이나 일기 따위를 통해 글 쓰는 것에 대해 강조하는데 어릴 때부터 자신의 생각을 글로 쓰고 표현하는 것에 익숙한 아이들은 논리력과 사고력이 발달하게 되어 커서 어떤 일을 하더라도 적응도 잘하고 판단력도 빠르고 뛰어나게 된다.

내 아이가 공부를 잘하길 바란다면 공부를 하고 난 시간에 글 쓰는 것을 유도하는 것이 아니라 글을 쓰는 것이 최우선이 되어야 하고 다른 학과 공부보다 중요하게 여길 수 있도록 부모님이 도와주어야 한다. 어릴 때부터 글을 많이 읽고 써본 학생들이 학과 공부에 대한 이해력과 습득력이 빠르다는 것은 이미 많은 실험결과로 인해 입증된 사실이다.

예전에 독서지도자 자격증을 수료한 적이 있는데 어릴 때부터 독서와 글쓰기가 얼마나 정서적으로 큰 영향을 끼치는지를 배웠다. 어릴 때부터 말을 잘하는 아이일수록 논리력과 사고력이 뛰어나다고 하는데 아이가 그렇게 말을 잘하기 위해서는 많은 독서와 글 쓰는 연습은 반드시 필요하다고 한다.

사실 이런 부분은 자녀가 있는 부모라면 대부분 알고 있는 내용이다. 그래서 어릴 때부터 일기 쓰기를 시키고, 책을 읽어주고 그러지 않는가? 하지만 초, 중, 고등학생들에게 단순히 글을 쓰는 것이 아닌 책을 쓰라고 권하는 것은 글을 쓰는 것보다 책을 쓰는 것이 훨씬 더 큰 영향을 끼치기 때문이다. 글을 쓰는 것이 사고력이나 논리적인 부분의 성장에 큰 도움이 되고 사춘기에 큰 도움이 된다면 책을 쓰는 것은 그런 부분뿐만 아니라 사회적인 부분에서도 큰 도움이 되고 좋은 영향을 끼치게 된다.

앞서 책을 읽는 것보다 쓰는 것이 훨씬 더 큰 공부가 된다는 것은 입이 아플 만큼 설명했다. 그것은 더 이상 말하지 않아도 충분히 이해를 할 것이라 믿는다. 하지만 그 뿐만이 아니라 무엇보다 학생들에게 책을 쓰는 일은 자존감을 높이는데 큰 도움이 된다.

초, 중, 고등학생들에게도 책은 아무나 내는 것이 아니라는 인식이 자리 잡혀있다. 하지만 자신이 글을 쓰고 그 글이 책으로 출간하게 되면 그것만으로도 큰 자부심을 갖게 된다. 무엇을 하든 결과물을 내게 되면 그것만으로도 자부심을 갖게 되는데 그 결과물이 아무나 내는 것이 아니라는 인식이 있다면 그 효과는 몇 배, 몇 십 배가 되는 것은 당연한 일이다.

자신뿐만 아니라 친구들, 선생님들까지 아무나 할 수 있는 일이 아니라는 인식이 있는 일을 자신이 해냈다면 그것에 대한 자부심과 자존감을 이뤄 말할 수 없을 만큼 클 것이다. 게다가 아무나 할 수 있는 일이 아니라는 인식이 있는 일을 학생의 신분으로 해냈다면, 그 결과물이 평생 남는 것이라면 나중에 학교 진학을 할 때나 취업을 준비할 때 얼마나 큰 무기가 되겠는가? 공부를 잘하는 학생은 넘치고 넘쳐난다. 하지만 자신의 책을 낸 학생은 전국적으로 과연 얼마나 되겠는가?

학생들이 책을 쓰려고 할 때는 꼭 어떤 분야를 정하고 공부하면서 책을 쓰기보다 일기형식으로 가볍게 쓰기 시작하는 것이 가장 좋다. 자신에게 있었던 일, 그리고 그 일에 대한 생각과 깨달은 점 등을 보기 좋게 나열하는 것이다. 알게 모르게 이미 많은 학생들이 사실 의무가 아닌 자발적으로 이렇게 하고 있다. 바로 SNS를 통해서 말이다.

요즘은 누구나 스마트 폰을 쓰고 있으며 빠르면 초등학생 때부터 스마트 폰을 갖고 다니기 시작한다. 그리고 스마트 폰이 보급화가 되면서 SNS도 같이 보급화가 됐는데 이제는 오히려 SNS를 하지 않는 사람을 찾아보기 힘들 정도다. 일부에서는 이런 것을 사회적인 문제로 여기며 부정적인 의견을 내놓기도 하는데 모든 일에는 장점이 있으면 단점이 있듯이 단점이 있으면 장점도 분명 존재하는 법이다.

SNS가 발달하면서 자신이 공유하고 싶은 글이나 사진, 음악 등을 쉽게 공유할 수 있게 되었다. 이미 학생들이나 성인조차도 SNS를 통해 자신의 말이나 생각을 글로 많이 올리곤 한다. SNS를 통해 단순히 글을 올리는 것에 끝나는 것이 아니라 그 글에 대한 다른 사람들의 의견이나 생각도 바로바로 확인 할 수도 있다.

이 SNS나 블로그를 통해 유명해져 책으로 출간되는 경우도 점점 늘고 있는데 얼마 전 출간된 이승아 작가의 〈내 것이 아닙니다〉가 바로 그 대표적인 예다. 이승아 작가는 자신의 블로그를 통해 남편과의 첫 만남부터 행복했던 연애시절, 남편의 투병과 사별 등 자신의 이야기를 풀어놓으며 삶은 "사랑"임을 말해왔다. 그녀의 이야기가 대중들에게 폭발적인 공감과 인기를 얻으며 블로그 한 달 조회수 420만회에 육박하며 큰 인기를 얻었다. 그리고 결국 이번에 <내 것이 아닙니다>라는 제목으로 책으로 출간하게 된 것이다.

이승아 작가뿐만 아니라 <서울 시1, 2>의 하상욱 시인도 그러한 케이스라고 볼 수 있는데 하상욱 시인은 SNS를 통해 짧고 간단하면서도 재미난 라임의 시를 올려 네티즌들의 폭발적인 사랑을 받으며 시집으로 출간하게 됐다.

인터넷과 스마트 폰이 보급화가 되면서 많고 다양한 기회가 열리기 시작했다. 인터넷을 어릴 때부터 접해온 초, 중, 고등학생들일수록 이런 것을 더 효과적으로 사용할 수 있다.

학생들이여, 글을 써라. 그리고 글을 쓰는 것에 만족하지 말고 책을 써라. 꿈이 무엇이든 어떤 길을 가고 싶든 책은 그 길에 큰 도움이 되어주고 많은 기회를 제공해 준다. 누구보다 빠르게 남들과는 다르게 성공하는 길은 바로 책 쓰기에 있다.

step 04 책 한 권이면 나도 명사(名士)

'유 명 인사'라는 말을 많이 들어봤을 것이다. '유명 인사' 혹은 '유명인'이라고 칭하는데 특정 분야에서 대중들로 부터 주목을 받고 영향을 끼치는 사람을 뜻하는 단어이다. '유 명인'이라고 하면 연예인이나 스포츠 스타, 국회의원 정도를 떠올 리는데 꼭 이런 사람들만 '유명인'이 될 수 있는 것은 아니다. 오 히려 생각보다 쉽게 '유명인'이 될 수 있는데 그 쉬운 방법이 바 로 자신의 책을 출간하는 것이다.

책을 출간한다고 무슨 '유명인'이 되겠냐고 생각하겠지만 그 렇지만도 않다. 실제로 나의 경우 첫 저서인 〈이제 드림빌더로 거 듭나라〉를 출간한지 얼마 되지 않아 길에서 날 알아보는 사람이 있었다. 책을 쓴 저자 얼굴을 길에서 알아보는 경우는 정말 유명 한 저자가 아니면 흔한 일은 아닌데 〈이제 드림빌더로 거듭나라 〉의 표지와 프로필에 있던 사진으로 우연히 내 책을 읽은 사람이 길에서 날 알아본 것이었다.

그 뒤로 나는 또 어디서 누군가가 알아볼 수도 있다는 생각에 늘 어딜 가든 행동거지에 신경을 쓰고 말도 하기 전에 한 번 더 생각해보게 되었다. '나는 이제 유명인이고 공인이야'라는 걸 멋든 생각으로 이렇게 하는 것이 아니라 노력하지 않았음에도 어느샌가 자연스럽게 그렇게 되기 시작했다.

꼭 책을 출간할 때 나처럼 표지와 프로필에 사진을 넣으란 건 아니지만 책 역시 콘텐츠 사업이다 보니 어디의 누군가가 나의 책을 봤는지 알 수 없으므로 책을 출간한 저자는 늘 어디에서든 말과 행동에 신경을 써야 한다.

단지 이런 이유만으로 '유명인'이 된다고 말하는 것은 아니다. 자, 당신이 생각하는 '유명인'이 되기 가장 좋은 방법은 무엇이라 생각하는가? 이 질문에 열에 아홉은 TV에 나오는 것이라고 대답할 것이다. 내가 이 질문을 한 이유가 무엇이겠는가? 그렇다. 자신의 책이 출간되면 TV에 나올 기회가 생기게 된다.

책 자체가 출간됐다고 바로 TV출연이 잡히는 건 아니지만 책이 출간되면 방송 출연을 할 수 있는 기회가 많아진다. 책이 출간되면 자신이 쓴 분야에 관련해 대학이나 기업에서의 특강과 TV특강, 라디오와 인터뷰, 칼럼 요청 등에서 출연요청이 들어오게 된다. 해당 분야의 책을 출간하게 되면 일단 그 분야의 전문가라는 인식이 있기 때문에 해당 분야의 일에 대해 자문을 구하는 일도 많고, 강의 요청도 많이 들어오게 된다.

그러다 보니 자연스럽게 TV나 라디오, 잡지 등의 출연이 잦아지게 되고, 공공연하게 알아보는 사람도 점점 더 늘어나게 되는 것이다. 책이 출간되고 나면 나도 모르는 사이에 언젠가부터 나도 흔히 말하는 '유명인'이 되어 있는 것이다.

물론 모든 저자가 다 유명해지는 것은 아니다. 책을 냈어도 별로 알려지지 않고 인터넷에 검색해도 나오지 않는 작가들도 많이 있다. 하지만 적어도 그 책을 읽어본 독자가 생겨나고 해당 분야를 좋아하고 파고드는 사람들은 그 책과 이름을 알아가게 되고, 책은 단발성이 아니기 때문에 한 번 출간되고 나면 그 책과 이름은 평생 기록으로 남게 된다.

'호랑이는 죽어서 가죽을 남기고, 사람은 죽어서 이름을 남긴다'는 말처럼 책을 남긴 작가는 그 책이 크게 성공했든 아니든 평생 그 이름을 남기는 '명사'가 되는 것이다. 심지어 작가 자신이 이 세상 사람이 아니게 된 뒤에도 그 책은 여전히 세상에 남아 뒤늦게 주목을 받고 사랑을 받는 경우도 많이 있다. 꼭 저자 자신이 아니더라도 자신의 책이 나를 대변하고 나를 '유명인'으로 만들어주는 것이다.

'유명인'은 나와 동떨어진 나와의 상관없는 그런 단어가 아니다. 가끔 한 연예인이 TV에서 자고 일어나니 세상이 달라져있더라는 말을 하는 것을 들어본 적이 있는데 말 그대로 자고 일어나니 한순간에 무명에서 '유명인'으로 탈바꿈해져 있더란 것이다.

왜 당신에게는 그런 일이 일어나면 안 되는가? 당신이 연예인이 아니기 때문에? 당신이 TV에 나온 적이 없기 때문에?

물론 아무것도 하지 않고 가만히 앉아서 그렇게 되길 바라는 건 억지지만 책을 쓰면 충분히 그런 일은 가능하다. 세상에 내가 유명해지려면 어떤 사건이든지 어떤 결과물을 내놓아야 한다. 연예인이라면 음반이 될 수도 있고, 출연한 드라마나 영화가 될 수도 있다. 고정적인 예능출연일수도 있고, 라디오의 진행자가 될 수도 있을 것이다. 연예인들이 그런 결과물을 세상에 내놓아서 유명해졌다면 우리는 자신의 책을 세상에 내놓음으로써 '유명인'이 될 수 있다.

그리고 당연한 얘기겠지만 세상에 내놓은 결과물이 많으면 많을수록 더 많이 유명해지고 더 유명해질 가능성이 커지게 된다. 연예인으로 생각해봤을 때도 한 번의 음반이나 방송출연으로 큰 인기와 함께 유명해지는 경우도 있지만 그런 경우는 굉장히 드문 경우이고, 대부분 무명시절부터 많은 작품 활동과 많은 방송 출연이 쌓이다보면 인기와 함께 인지도도 얻게 된다.

책도 마찬가지로 한 권의 책을 내어 놓고 유명해지길 기다리는 것은 어리석은 행동이다. 한 권의 책을 냈으면 거기서 만족하는 것이 아니라 그 위에 계속해서 새로운 책을 출간하도록 해야 한다. 그렇게 한 권, 두 권 출간할수록 출간도 점점 더 쉬워지고 점점 더 유명해져 간다. 연예인이 방송 출연을 한 번 하는 것보다 계속해서 두 번, 세 번 횟수가 늘어날수록 점점 더 유명해지는 것처럼 말이다.

　책을 써서 세상에 자신의 존재를 알려라. 세상에 자신의 이름을 알려라. 세상에 나와 비슷한 사람도 많고, 나와 같은 이름을 가진 사람도 많다. 하지만 나의 이름으로 내가 출간시킨 책은 세상에 단 하나밖에 없다.

　그 책으로 독보적인 자신의 존재를 세상에 알려라. 그 책으로 나라는 사람을 세상에 보여주어라. 그저 같은 이름의 여러 명 중 한 명으로 살아가려 하지 마라. 자신의 이름을 유일한 이름으로 '명사'가 되어라. 자신의 책을 출간하면 모든 것이 가능하다. 단 한 권의 책으로도 그렇게 하는 것은 충분히 가능하다.

　가만히 앉아만 있어서는 아무도 당신을 알아보지 못한다. 모든 사람들이 모인 곳에서 당신의 이름을 불렀을 때 당신의 이름과 같은 이름을 가진 그들과 마찬가지로 빈손으로 손을 들지 마라. 자신의 책을 쥐어 들고 남과 다름을 보여라. 나는 그들과 같은 "서상우"이지만 그들과는 다른 유일한 "서상우"임을 밝혀라. 바로 당신의 책으로 말이다.

step 05 유명 인사들의 책 마케팅

<총각네 야채가게>의 이영석 대표
<석봉 토스트 연봉 1억의 신화>의 김석봉 대표
<빵 굽는 CEO>의 김영모 대표
<상추 CEO>의 류근모 대표
<김밥 파는 CEO>의 김승호 대표

이 책들은 모두 성공한 기업가들이 자서전 형식으로 성공스
토리를 담은 자기계발서이다. 이들뿐만 아니라 많은 기업
가들이 자신의 성공스토리를 담은 자서전 형식의 자기계발서를
많이 출간하고 있다. 이것은 책에 담은 도전적이고 희망적인 스토
리들이 기업 브랜드 이미지에 좋은 이미지를 심어주게 되고, 좋은
홍보 수단이 되어주기 때문이다.

사람들은 일단 돈이 많다고 하면 부정적인 이미지를 많이 떠
올리는데 이것은 정당한 방법으로는 어느 정도 수준의 돈밖에

벌지 못한다는 부의 부정적인 이미지가 있기 때문이다. 그래서 어느 정도 인지도가 올라가서 성공적인 결과가 나오는 시점에는 많은 기업가들이 자서전 형식의 자기계발서로 좋은 이미지 선전과 홍보 수단으로 사용한다. 이것은 책의 힘을 보여주는 좋은 예로 볼 수 있다.

이영석 대표의 <총각네 야채가게>를 잠시 들여다보도록 하자. 이영석 대표는 학창시절에는 싸움에 이골이 난 소문난 문제아, 일명 '일진'이었다고 한다. 그런 그는 대학을 졸업한 뒤 회사에 취업했으나 능력보다는 편법이 판치는 사회문화에 염증을 느끼게 되어 일을 그만두게 되었다. 그 뒤로 무일푼으로 1년여 간 오징어 트럭 행상을 따라다니며 장사를 배우다가 독립을 해 과일, 야채 트럭 행상을 시작하게 되고 그렇게 5년을 트럭 행상으로 돈을 벌어 그 번 돈을 모아 서울에 18평짜리 야채 가게를 차리게 된다.

그는 꿈에 대한 열정과 그만의 신뢰 있고 독특한 마케팅으로 결국 대한민국 평당 최고 매출을 올리는 쾌거를 기록하게 되고, 명실 공히 최고의 가게로 성장시키게 되었다. 지금은 삼성, LG, SK 등의 대기업과 여러 대학에서 총각네 야채가게의 열정과 독창적인 마케팅 방식을 강연하며 사업성공을 위한 노하우를 전파하고 있다.

<석봉 토스트의 연봉 1억의 신화>의 저자 김석봉 대표의 이야

기도 빠질 수 없다. 김석봉 대표는 무교동에 있는 K빌딩 앞에서 8년 동안 스낵카에서 석봉 토스트를 팔았다. 새벽 6시부터 오전 11시까지 그가 하루에 굽는 토스트 양은 대략 300개로 다양한 메뉴와 소박하지만 풍부한 맛으로 거리의 입맛을 사로잡았다.

그렇게 토스트를 굽기 시작하여 3년 만에 토스트 하나만으로 연봉 1억을 넘기는 노점상 신화의 주인공이 되었고, 대형 쇼핑몰에 '석봉 토스트'를 브랜드 입점하게 된다. 그리고 얼마 지나지 않아 15개의 체인점의 창업주가 되었다. 하지만 그는 거기서 멈추지 않고 '샌토매니아'라는 브랜드로 중국의 연대에까지 진출하는데 성공했다.

그는 자신의 성공을 누리기에 그치지 않고 수입의 많은 부분을 불우 소년, 소녀들을 돕는데 쓰며, 하루에 100개의 토스트를 만들어 노숙자와 거리의 노인들에게 나누어주고 있다. 매일 오후에는 고아원, 어린이집을 찾아다니며 인형극 공연 봉사까지 하고 있다.

이들의 이야기가 이렇게 책으로 출간되지 않았다면 과연 지금처럼 많은 사람들이 이들의 이야기를 알고 있을 수 있을까? 이들의 이런 노력과 철학을 과연 알 수 있었을까? 책으로 출간하지 않았다면 이 브랜드의 이미지가 과연 지금과 같았을까?

물론 그 결과야 알 수 없는 거지만 많은 기업의 대표들이 비슷한 형식의 책을 출간하는 것을 봤을 때 분명히 도움이 된다는 것은 충분히 입증되는 것이라 여겨진다. <총각네 야채가게>는 2003년도에 책으로 출간되고 2011년에는 드라마로 제작되기까지 했는데 이것 역시 책이 도움이 되지 않았다고는 생각할 수 없겠다.

이처럼 성공한 많은 기업가들도 책을 출간하는 것을 선호하고 책을 출간하려고 노력한다. 이런 현상은 기업가들뿐만 아니라 다른 분야에서도 흔히 찾아볼 수 있다. 연예인, 교수, 정치인, 운동선수 등 자신의 이야기를 담은 책을 출간하는 분야가 점점 더 늘어나고 있다. 그리고 이제는 직장인, 주부 등 일반 사람들도 책쓰기에 뛰어들고 있는 추세이다. 이런 사회적인 추세만 보더라도 책이 얼마나 큰 마케팅이며 자신의 홍보 수단이 되는지는 잘 알 수 있다.

이쯤에서 당신이 오해할만한 것이 하나 있는데 이들이 유명하기 때문에 책을 쓰는 것은 아니다. 오히려 유명해지기 위해서 쓰는 경우가 더 많다는 것이다. 이것에 대해서는 앞서 설명해 주었는데 이들은 유명하기 때문에 책을 낸 것이 아니라 유명하지 않기 때문에 유명해지기 위해서 책을 쓰고, 유명한데 더 유명해지기 위해서 또 책을 쓰는 것이다.

쉽게 말해 책으로 무명에서 유명으로 유명에서 더 유명해졌다는 것이다. 물론 이들이 마케팅의 수단으로만 책을 쓰는 것은 아니지만 책 자체가 그런 역할을 해준다는 것이다. 앞의 장을 읽은 당신이라면 이 부분을 충분히 이해할 수 있을 거라 생각한다.

그들이 책으로 자신을 마케팅 할 수 있다면 당신도 그렇게 할 수 있다. 당신이 무명이라면 더욱 더 책을 써야하고, 유명한 사람이라면 더 유명해지기 위해서도 책을 써야한다. 그렇게 당신을 알려야 하고, 책으로 당신을 마케팅 해야 한다.

우리가 자기계발서를 열심히 읽는 이유가 무엇이겠는가? 성공한 사람들의 자신만의 노하우와 신념을 배우고 닮고 싶어서 읽는 것이다. 그들처럼 성공하고 싶고 성공의 지름길을 찾기 위해서이다. 그렇다면 그 책 안의 내용만 보고 있지 말고, 뒤로 나와 책 자체를 보아라.

나무만 보아서는 숲을 찾지 못한다고 하지 않던가? 당신도 책 안의 나무만을 찾는 것을 멈추고 책 자체를 보고 그들처럼 책 자체를 쓰는 것이다. 이것이 그들과 비슷한 길을 가고 그들이 갔던 길을 따라가는 가장 원초적인 방법이 아니겠는가?

많은 사람들이 좋아하고, 많은 사람들이 따라하는 것에는 분명히 그 이유가 있다. 당신도 이제 그 이유를 찾기 위해 책 쓰는 일에 뛰어 들어라. 그 곳에서 왜 그들이 책을 썼는지 직접 느끼고 직접 깨닫길 바란다. 그리고 그것을 깨달았을 때의 당신은 분명히 이제 책 쓰기에 매달릴 수밖에 없으리라 나는 확신한다.

step 06 닥치고 쓰기

앞서 길게도 왜 당신이 책을 써야하는지 왜 책이어야 하는지에 대해 당신이 지겨워할 만큼 이야기 해왔다. 직장인, 주부, 학생, 은퇴를 앞둔 중년. 그 누구라도 책을 쓸 수 있고, 책을 써야만 하는 이유를 이해하기 쉽도록 풀었다. 이제 충분히 이해했을 거라 생각하고 또 믿는다.

그렇다면 이제 책을 쓰는 일만 남았다. '어떻게?'라는 의문은 던지겠지만 그저 쓰면 된다. 쓰는 방식이나 노하우는 지금부터 충분히 알려줄 것이다. 하지만 그 노하우에 들어가기 전에 당부하고 싶은 것이 하나 있는데 그것은 바로 처음부터 너무 '예쁘게' 쓰려고 애쓰지 말란 것이다.

처음 책을 쓰는 작가가 너무 예쁘게나 아니면 너무 진지하고 훌륭한 필력에 신경을 쓰다보면 책 쓰는 일을 제대로 진행할 수가 없다. 책을 쓰는데 가장 중요한 건 일단 쓰는 것이다. 뒤에서 더 자세하게 설명하겠지만 원고는 시간이 오래 걸릴수록 좋지 않다.

사람의 기억은 생각보다 좋지 않다. 당신이 쓰고자하는 것들을 빨리 써놓지 않으면 막상 쓰려고 할 때 생각나지 않는 것도 많다. 그렇게 되면 처음 의도했던 것과는 너무 동떨어진 글이 되어버리고 그러다보면 주제를 잃어버린 책이 되어버리게 된다.

당신이 지금 쓰고 있는 원고가 바로 책으로 출간되는 것은 아니다. 수정 작업을 반드시 거치게 되고, 몇 번이나 몇 십 번의 고쳐 쓰기를 하게 될 수도 있다. '이렇게 닥치는 대로 써서 책이 될까?'라는 두려움을 갖지 말고 일단은 그저 쓰는 것에만 집중하길 바란다.

혹여 '지금은 너무 바쁘니까 나중에 시간나면 책을 한 번 써봐야겠다'라고 생각하고 있다면 당장 생각을 바꿔야 한다. 지금이 아니면 언제가 되어도 책을 쓸 수 없다. '퇴직하고 나면 책을 한 번 써보겠다'라든지 '애를 학교만 보내고 나면 학교 간 시간에 책을 한 번 써봐야겠다'라는 생각으로는 언제가 되어도 절대 책을 쓰지 못한다.

무엇을 하든 할 수 없는 핑계를 떠올리려면 수만 가지도 더 떠오른다. 할 수 없는 요소들을 떠올리지 마라. 그저 틈이 날 때마다 글을 쓰는 것이고, 무조건 책을 써보는 것이다. 그렇게라도 써야 언젠가 책으로 나올 수 있게 되는 것이지 '나중에', '다음에', '내일부터'라고 생각한다면 언제가 되더라도 당신의 책이 출간되는 일은 없을 것이다.

책 쓰기를 시작하는 일은 생각처럼 어려운 일이 아니다. 두려워 하지 말고 컴퓨터를 켜고 워드를 열어 제목을 쳐보는 일부터 시작 하면 된다. 자신이 전달하고 싶은 메시지를 써보는 일부터 시작하 는 것이다. 그저 생각이 나는 대로 써보면 된다. 그렇게 한 줄, 한 줄 적다보면 생각에 생각이 붙어 더 쓸려는 내용이 많아지게 되 고, 쓰고 싶은 말들이 더 늘어나게 될 것이다. 세상 모든 작가들 이 그렇게 글을 쓰기 시작했고, 그렇게 책을 내기 시작했다.

시작하지 못하는 마음을 환경 탓으로 돌리지 말고, 여건이 안 된다는 말로 도망가지 마라. 여기 흔히 말하는 최악의 상황에서 글을 쓴 여인의 이야기가 있다.

1965년 7월 31일 잉글랜드의 한 작은 마을인 예이트에서 한 여자아이가 태어났다. 그녀는 어릴 때부터 책을 좋아해 종종 자 신이 지어낸 이야기를 하는 것을 좋아했고, 초등학교 시절 때부 터 취미 삼아 이런 저런 글을 적는 것을 좋아했다. 하지만 그녀가 대학에서 졸업하고 얼마 되지 않아 어머니가 세상을 떠나면서 큰 슬픔에 빠지게 되었다. 그 후로 포르투칼에 있는 영어학교의 교 사로 일하면서 3살 연하의 남편을 만나게 되고 딸을 낳으며 행 복한 가정을 꾸리는 듯 했지만 성격 차이로 인해 얼마가지 않아 별거를 하게 되고 만다.

결국 딸을 데리고 영국으로 돌아간 그녀는 주위의 도움으로 겨우 정착을 하기 시작하고, 남편과도 이혼 절차를 밟아가기 시작한다. 무직의 상태인 그녀는 정부 보조금을 받으며 겨우 육아와 생계를 이어갔고 그녀는 절망감에 빠지게 된다.

그런 과정에서도 그녀는 교사 자격 인증 석사 학위과정을 밟고, 틈틈이 소설을 집필했다. 그녀는 종종 유모차를 끌고 나와 집 근처의 카페에서 원고를 썼다. 카페 안의 모두가 여유롭게 커피와 담소를 나눌 때 그녀는 필사적으로 생계를 위해 소설을 쓰고 또 썼다.

그녀가 쓰는 소설은 그녀가 기차를 타고 갈 때 우연히 받은 영감으로 시작되었으며 5년간의 집필 끝에 겨우 첫 권의 원고를 완성시킨다. 천신만고 끝에 완성시킨 원고를 들고 블룸즈버리라는 출판사와 겨우 계약을 맺는데 성공했지만 초판으로 겨우 500부만을 출간할 수 있게 되었다. 블룸즈버리 출판사 관계자는 출판 계약을 맺으면서도 아동도서로 돈을 많이 벌 순 없을 것이라고 그녀에게 말했다.

하지만 시간이 지나면서 사람들의 입소문을 타기 시작했고, 몇 년 뒤 미국에서 이 책을 눈여겨보던 출판사 한 곳이 그녀에게 연락이 와 선인세 10만 달러(약 1억원)로 출판 계약을 맺기에 이르렀다. 그녀의 책은 전 세계적으로 불타나게 팔리기 시작했고, 그녀의 책은 세계적인 베스트셀러로 67개국의 언어로 번역되어 4억 권 이상 판매되었고 성경 다음으로 많이 팔린 책이 되었다.

그녀의 이름은 조앤 K. 롤링이고 그녀가 쓴 책이 바로 우리가 잘 알고 있는 〈해리포터〉이다. 그녀는 하버드 대학교 졸업식 축사에게 이렇게 말했다.

"제가 여러분들 나이에 가장 두려워했던 것은 가난이 아니라 실패였습니다. 여러분이 젊고 유능하며 고등교육을 받았기 때문에 어려움이나 고통을 모른다고 생각하지는 않습니다. 하지만 여러분이 하버드 졸업생이라는 사실은 곧 실패에 익숙하지 않다는 뜻이기도 합니다. 성공에 대한 열망만큼이나 실패할지도 모른다는 두려움이 앞으로의 여러분의 행동을 좌우하겠지요.

대학 졸업 후 저는 7년 동안 엄청난 실패를 겪어야 했습니다. 결혼에 실패하고, 무직에 싱글 맘으로 가난에 허덕여야 했지요. 누가 봐도 전 실패한 사람이었습니다. 저는 정말 힘들었고, 그 긴 터널이 언제 끝날지 알 수조차 없었습니다.

그러나 그 긴 시간동안 저는 실패의 미덕을 배웠습니다. 실패가 제 삶에서 불필요한 것들을 제거해준 것입니다. 비록 밑바닥 인생일지언정 저는 여전히 살아있었고, 사랑하는 딸이 있었고, 낡은 타자기와 엄청난 아이디어가 있었습니다. 저는 모든 에너지를 가장 중요한 일에 쏟아내려 했습니다. 가장 밑바닥이 인생을 바로 세울 수 있는 기반이 되어준 것입니다.

여러분은 제가 겪은 만큼의 큰 실패를 하지 않을 거라 믿습니다. 하지만 살아가다 보면 몇 번의 실패는 결코 피할 수 없습니다. 또 실패 없이는 자신이 진정 누구인지, 누가 진실한 친구인지도 알 수 없습니다. 이 두 가지를 아는 것이야말로 가장 큰 자산인 것입니다.

삶에는 성공보다 더 많은 실패와 상처들이 존재합니다. 그러나 실패가 두려워 아무것도 하지 않는다면 시작하자마자 패배한 것이나 다름없습니다. 인생은 성공한 일을 적어놓는 목록이 아닙니다. 이것을 알게 되면 여러분은 분명 행복할 수 있을 것입니다.

세상을 바꾸는데 마법은 필요하지 않습니다. 그 힘은 이미 우리 내면에 존재하고 있습니다. 우리에게는 더 나은 세상을 상상할 수 있는 힘이 있습니다."

당신이 지금 어떤 상황이든 어떤 처지에 놓여있든 그것은 아무런 핑계가 되지 못한다. 지금 바로 책을 쓰기 시작하라. 당신이 마음만 먹는다면 충분히 그럴 수 있다. 당신에게는 그럴 만한 힘이 있고, 그럴 만한 아이디어가 분명히 있다.

당신의 머릿속에 다음의 베스트셀러가 있으며, 제 2의 해리포터가 담겨져 있다. 이제 당신이 마음먹고 머릿속에 있는 그 생각을 글로 적어 책에 담기만 하면 말이다. 그저 그렇게 하면 된다.

3장

당신의
책을 써라

step 01 쓰고 싶은 분야 정하기

처음 만나는 사람들과 인사를 하다보면 직업이 작가임을
밝히는 경우가 있는데 그럴 때마다 대부분 이 질문을 가
장 많이 하곤 한다.

66 어떤 책을 쓰세요? 99

직업이 작가임을 밝히자마자 가장 먼저 돌아오는 질문이 바로
'어떤 책을 쓰세요?'이다. 어떤 책을 쓰냐는 것은 어떤 장르의
책을 쓰느냐를 물어보는 것과 같은데 이것과 마찬가지로 책을
쓸 때 가장 먼저 결정을 하고 생각을 해야 하는 것 또한 책의 장
르와 콘셉트이다.

당신이 책을 쓰겠다고 결정을 했다면 가장 먼저 해야 하는 것
은 어떤 장르의 책을 쓸 것인지를 결정하는 것이다. 많은 사람들

이 책을 쓰고 싶어 하지만 막상 어떤 장르에 대한 책을 써야할지 조차 정하지 못하고 포기하는 사람들이 부지부수이다. 사실 가장 어려우면서도 중요한 작업이기도 하고, 제일 먼저 해야 할 일이다 보니 처음 장르를 정하는 것부터 막히기 시작하면 '역시 책 쓰는 건 아무나 하는 게 아닌가보다'라는 생각으로 포기해버리고 만다. 하지만 이 결정은 전문 작가들에게도 절대 쉬운 일이 아니다. 책을 출간한 작가들 역시 다음 책을 쓸 때마다 장르와 콘셉트의 선택은 어렵고 신중한 일이다.

처음 내가 책을 쓰겠다고 결심했을 때도 주제를 정하는데 있어서 꽤나 고생했던 기억이 있다. 몇 번이나 책을 쓰다가 엎고 다른 장르의 책을 다시 쓰기를 반복했다. 결국 자서전 형식의 자기계발서를 쓰게 됐는데 그것은 어릴 때부터 남달랐던 성장과정에서 깨달은 것들과 수십 권 읽어온 자기계발서의 포인트만을 정리하여 같이 전달하고 싶었기 때문이었다. 그렇게 주제를 정하자 책을 쓰는 일은 훨씬 수월해졌고 두 달 만에 초고를 완성시키고 피칭까지 할 수 있게 되었다.

장르를 결정하는 것 자체가 책 전체의 색깔을 정하는 일이기 때문에 쉽게 함부로 정하는 작가는 그 어디에도 없다. 오히려 장르와 콘셉트를 정하고 나면 술술 써지고 거침없이 써내려 지는 경우가 많다. 마치 작곡가가 갑자기 영감을 받아서 10분 만에 곡을 완성시키는 경우처럼 말이다. "시작이 반이다."라는 말은 책 쓰기에 가장 적절한 말이라고 할 만큼 장르와 콘셉트를 정하는 건 책 쓰기에 반을 한 것이나 마찬가지이다.

우선 책의 장르를 정하기에 앞서 얼마나 다양한 장르가 있는 지부터 파악해보는 것이 좋다. 장르를 파악해보는 것은 너무 쉽고 간단한데 오프라인으로는 대형서점에 가보면 장르별로 책이 진열되어 있으며 온라인으로는 온라인서점에 접속해보면 알아보기 쉽게 장르별로 책을 구별해 놓았기 때문에 눈으로 확인하기 무척 간단하고 쉽다.

현재 시중에 나와 있는 책의 장르는 상당히 다양하고 다채롭다.

소설 | 에세이 | 자녀교육 | 자기계발

인문 | 경제경영 | 청소년 | 건강 |

철학 | 외국어 | 아동 | 요리

이 외에도 더 많은 장르가 있고, 더 다양한 장르가 생겨나고 있다. 그리고 요즘에는 한 장르에만 국한되는 것이 아니라 복합 장르형식으로 자신만의 차별화된 책도 나오고 있다. 하지만 이러 한 장르의 책을 쓸 때는 주제가 광범위해지는 것에 대한 주의도 필요하다.

장르를 선정할 때 가장 먼저 생각하고 중점으로 여겨야 할 것 은 바로 이것이다.

' 내가 잘 아는 분야를 선택하는 것 '

내가 잘 아는 분야라고해서 어느 분야의 전문가이거나 전문 자격증을 가지고 있어야 한다는 것은 아니다. 현재 내가 몸담고 하고 있는 일이나 많이 접해본 취미생활처럼 가장 내가 많이, 즐겨하는 일을 말하는 것이다.

예를 들어, 내가 지금 쌍둥이 아이를 키우는 엄마라고 한다면 육아에 관련된 책을 쓴다면 누구보다 쓸 소재가 많을 것이다. 요즘 들어 쌍둥이 부모도 늘어나는 추세이기에 많은 공감대를 형성시킬 수도 있다. 혹은, 취미로 사진 찍는 것을 오랫동안 해왔다면 여행에세이나 사진에 관한 책을 써도 좋을 것이다.

이런 식으로 자신이 잘 알고, 자신이 잘 전달할 수 있는 장르를 정하는 것이 좋다. 그래야 쓸 내용도 많아질 뿐만 아니라 나만의 사례도 다양하게 담을 수 있으며 글을 쓸 때의 즐거움 역시 충분히 느낄 수 있다. 그리고 무엇보다 그래야만 독자로 하여금 많은 공감을 이끌어낼 수도 있는 것이다.

이런 식으로 자신이 쓸 장르와 콘셉트 정했다면 이 장르와 콘셉트로 무엇을 전달할지를 확실히 잡아두어야 한다. 책은 전달의 매체이다. 그 책 안에는 저자의 전달하려는 메시지가 확실히 담겨져 있어야 한다. 왜 이 장르와 콘셉트인지를 확실히 보여주어야 하는 것이다. 이것에 대한 확고한 자신의 기준이 서 있어야 하며 자신이 전하려는 확실한 메시지가 자리 잡혀 있어야 자신감 있게 글을 써내려갈 수 있다.

여기까지 마쳤다면 이제 당신이 글을 쓰기 위한 목표와 목적은 확고히 정해졌기 때문에 이제는 본격적인 글을 쓰기 위한 재료들을 모아볼 차례이다. 그 재료들은 다음 장에서부터 하나씩 모아볼 예정이다. 우선 장르와 콘셉트를 뚜렷이 잡고 장르와 콘셉트가 잡혔다면 이제 다음 장으로 넘어가 재료를 모으기 시작하자.

step 02 경쟁도서 독파하기

요즘은 인터넷으로 어떤 물건을 구매하기 위해 검색을 해보면 가격비교부터 상품리뷰까지 상품에 대한 다양한 정보를 쉽게 구할 수가 있다. 같은 물건이라도 가격부터 스펙까지 자신들의 물건에 대한 차별화를 내세우며 돋보이기 위해 노력하고 있음을 잘 알 수 있다. 어떤 물건이든 정말 유니크한 물건이 아니고서는 경쟁업체와 차별화된 전략으로 돋보이도록 노력하지 않으면 안 되는 것이다.

책 또한 이와 다르지 않다. 자신이 어떤 장르의 책을 쓰기로 결정을 했든 기존에 나와 있는 책과 비교, 경쟁을 안 할 수가 없는데 자신이 어떤 장르와 어떤 주제로 책을 쓰기로 결정했다면 이미 해당 장르와 해당 주제로 나와 있는 경쟁 도서들에 대해 공부하고 분석해보아야 한다. 쉽게 말해서 경쟁도서를 읽어보아야 한다는 것이다.

경쟁도서를 찾는 것은 그리 어려운 일은 아니다. 지금 당장 온라인서점 사이트에 접속하여 해당 장르에 들어가 보면 장르별 베스트셀러가 나와 있다. 해당 장르에 가장 잘 나가는 책을 바로 알아볼 수 있다.

많은 독자가 찾는 책은 그만한 이유가 있기 나름이다. 먼저 독자의 입장에서 경쟁도서를 읽어보고 왜 독자들이 이 책을 선호하는지를 찾아내는 것이다. 경쟁도서마다 그런 좋은 부분은 내 것으로 만들고 거기에 나만의 차별화된 무엇을 집어넣어 좋은 책을 집필할 수 있도록 해야 한다.

일상생활에서 우리가 어떤 물건을 사려고 할 때나 집을 보러 다닐 때도 발품을 많이 팔고, 이것저것 비교해가며 열심히 자료를 찾을 때 같은 가격에 좋은 물건을 찾을 수 있듯이 책 쓰기 역시 경쟁도서를 많이 읽고 공부해야 더 좋은 글을 쓸 수 있는 것이다.

해당분야에 출간된 책은 자비출간이 아니고서야 이미 출판사와 독자를 어느 정도 만족시켰다는 의미이기 때문에 경쟁도서의 공부는 필수이다. 장르를 정하고 무작정 글을 쓰는 것에 돌입하기보다 경쟁도서를 읽으며 공부하는 것이 더 중요하다. 무작정 쓰다보면 초고 분량은 나왔어도 어느 출판사에서도 찾지 않는 원고가 되어버릴 수도 있기 때문이다. 그렇게 되면 결국 써놓은 것이 아까워 자비출판이란 선택을 하게 되고, 자비 출판으로는 우리가 바라는 명예도 새로운 삶도 가져다주지 힘들다. 그런 일이 없게 하기 위해서라도 반드시 경쟁도서를 읽고 공부하는 것은 필요하다.

만약 당신이 육아에 관련된 책을 쓰기로 결정을 했다면 이와
같은 경쟁도서의 목록을 작성할 수 있다.

	작 가	도 서 명
육아와 관련된 경쟁도서	김선미	불량육아(지랄발랄 하은맘의)
	오은영	불안한 엄마 무관심한 아빠
	정지은	아이의 자존감
	이지성	당신의 아이는 원래 천재다
	중앙북스 편집부	내 생애 첫 임신 출산 육아책
	삼성출판사 편집부	임신출산육아대백과
	김수연	아기발달 백과

혹은 쓰려고 하는 책이 시나 에세이에 관한 책이라면 다음과 같은 책을 경쟁도서로 선정할 수 있겠다.

	작 가	도 서 명
시나 에세이와 관련된 경쟁도서	신준모	어떤 하루
	혜민 스님	멈추면 비로소 보이는 것들
	김난도	아프니까 청춘이다
	하상욱	서울 시1,2
	공지영	네가 어떤 삶을 살든 나는 너를 응원할 것이다
	션	오늘 더 사랑해
	정호승	외로우니까 사람이다
	이근후	나는 죽을 때까지 재미있게 살고 싶다
	도종환	흔들리지 않고 피는 꽃이 어디 있으랴
	송정림	참 좋은 당신을 만났습니다

경쟁도서를 읽을 때는 분석하고 파악한 것을 따로 메모, 기록해 두는 것이 좋다. 정리해두고 자신의 책을 쓸 때 틈틈이 참고를 하며 쓰는 것이다. 책의 장점만을 빼서 나만의 것으로 만드는 것이 중요하다.

그리고 경쟁도서를 공부할 때는 반드시 인기 있는 책만 보는 것보다는 해당 장르의 인기 없는 책도 참고하는 것이 좋다. 인기 있는 책과 인기 없는 책을 비교해 보면서 왜 이 책은 인기가 있고, 이 책은 인기가 없는지 분석해보는 것도 중요하다. 그렇게 하면서 인기 없는 책이 간과하고 있었고, 놓쳤던 부분을 자신의 책에서는 그러지 않도록 유의하는 것이 좋다.

자신이 쓸려고 마음먹은 내용이 자신이 꼭 잘하는 것일 필요는 없다. 잘하는 것과 잘 아는 것은 확연히 다르다. 당신이 책에 적는 것은 당신이 잘하는 것에 대한 자신만의 노하우나 스킬에 대한 이야기도 물론 좋지만 자신이 잘 알고 있는 내용을 전달한다고 생각하고 써 내려가면 된다.

좋아하는 것과 잘 아는 것도 다르다고 생각해야 한다. 좋아하는 만큼 잘 알면 다행이지만, 그저 좋아하기만 하고 그 부분에 대해 잘 모른다면 그 분야에 대한 책을 쓰기는 어렵다. 책은 일단 전달의 의미가 가장 크기 때문에 전달할 내용이 없다면 책의 의미는 상실되어 버린다.

그렇기 때문에 언제나 책을 쓰기 전에 쓸 장르와 주제를 정했다면 해당 장르와 주제에 맞는 이미 나온 책을 읽고 공부를 해야 한다. 그리고 이 과정에서 자연스럽게 해당 장르와 분야에 전문가로 점점 변해가는 것이다.

저자가 해당 분야에 대해 많이 파악할수록 독자들의 공감을 많이 이끌어 낼 수 있으며 언제나 그런 책들이 베스트셀러에 올라간다.

자, 이제 어떤 장르의 어떤 주제의 책을 쓸지 정했다면 가만히 앉아서 바로 책 쓰기에 돌입하지 말고 서점으로 향해 경쟁도서이자 내 책의 재료와 조미료가 되어줄 경쟁도서를 찾아보도록 하자. 얼마나 발품을 파느냐에 따라 내 책의 질이 달라진다는 걸 잊지 말자. 지피지기면 백전백승이라 하지 않았던가. 책 쓰기는 지피지기면 베스트셀러가 된다.

step 03   독자들의 관심사 파악하기

책을 쓰기에 앞서 먼저 생각해야 할 것은 책의 주체가 독자로 되어있는지 저자 자신으로 되어 있는지를 검토해볼 필요가 있다. 간혹 초보 작가들이 간과하는 점이 바로 이것인데 책을 쓰는 것 자체를 자신의 갈증을 해소시키기 위한 수단으로만 여기는 경우가 있다. 하지만 분명한건 책은 독자들의 갈증을 해소시켜주기 위함으로 써져야 한다는 점이다.

저자 자신이 자신의 만족감을 위해 책을 출간하고 글을 썼다간 아무도 찾지 않는 무명의 책으로 묻히기 십상이다. 그런 책이 되었다간 책을 쓰나마나 그리 달라진 삶을 살진 못하게 된다. 그러지 않기 위해서라도 현재의 독자들의 관심사나 니즈(needs)를 잘 파악해야 한다.

몇 년 전에는 '웰빙(well-being)'이란 단어가 핫이슈가 되면서 웰빙에 관한 서적이 수없이 쏟아져 나왔다.

웰빙 테라피, 웰빙 식생활, 웰빙 음식, 웰빙 다이어트, 웰빙 몸짱 등 웰빙을 접목시킨 수많은 서적과 영상, 강의가 쏟아져 나왔다.

최근에는 '힐링(Healing)'이란 단어가 핫이슈가 되면서 힐링에 관한 서적이 수없이 쏟아져 나왔는데 도서사이트에서 '힐링'이란 단어 하나만 검색해 봐도 수십 권의 책이 나오는 걸 쉽게 볼 수 있다.

사회적인 핫이슈가 되는 것을 주제로 책을 내서 많은 관심과 사랑을 받아 베스트셀러에 오르는 책도 많이 있는데 최근 힐링이란 주제로 큰 인기를 얻은 책을 찾아본다면 김난도 작가의 〈아프니까 청춘이다〉를 꼽을 수 있겠다.

이런 식으로 현재 독자들의 관심사나 니즈를 잘 파악해서 책을 쓴다면 베스트셀러에 오르는 일은 생각보다 쉽게 이룰 수 있다. 물론 내용 자체가 좋은 책이라면 입소문을 타서 많은 독자들이 찾을 수도 있지만 그런 생각만으로 책을 출간해서 베스트셀러에 오르기는 결코 쉬운 일이 아니다.

그리고 좋은 책이라는 건 많은 독자들과 소통이 되고, 많이 독자들이 공감이 되는 책이라는 것을 반증하는 것이기에 좋은 책일수록 현재 독자들의 관심사와 니즈를 반영시키지 않을 수가 없다.

책의 주제뿐만 아니라 책의 전체적인 구성과 세부적인 사례를 넣을 때에도 최근 독자들의 관심사와 현재의 추세를 파악해야 하는데 하루가 멀다 하고 신조어나 외계어가 수없이 쏟아져 나오고 있기 때문에 어느새 그런 단어들을 모르면 소통자체가 불가능한 상황까지 일어난다. 몇 년 전만 해도 '썸'이나 '그린라이트'란 단어는 다른 의미로 쓰였지만 현재는 남녀관계의 얘기에서 빼놓을 수 없는 단어가 되었다. 언제나 책을 읽는 독자는 과거의 사람들이 아니라 현재의 사람들이란 것을 잊어선 안 된다.

명실공히 최고의 작가 중 한명인 이외수의 작품 '하악하악'과 '완전변태'만 보더라도 이렇게 인지도가 있는 작가 역시도 시대적인 흐름이나 추세를 신경 쓰고 반영하고 있다는 것을 알 수 있다.

최근 스마트기기들의 보편화로 출판업계가 어렵다곤 하지만 그럼에도 불구하고 100만부를 돌파하는 책들은 여전히 생겨나고 있다. 이것은 독자들의 관심사와 니즈만 잘 파악해도 많은 판매부수와 큰 인기와 관심을 받을 수 있다는 것을 입증하는 것이다.

책을 쓰기 전에 타깃 층과 타깃 독자들의 관심사와 니즈를 파악하는 것을 무엇보다 중요하게 여겨야 한다. 이런 것을 고려하지 않고 저자 자신의 만족만을 위해 책을 쓰고 책을 출판하는 것은 자비 출판을 하는 것과 별반 다르지 않는 결과를 낳을 뿐이다.

명심해야 할 것은 책은 언제나 독자를 위한 것이다. 독자가 듣고 싶어 하는 말을 해주고, 독자가 어루만져줬으면 하는 부분을 보듬어 줄 수 있는 책을 내는 것에 최선을 다해야 한다.

독자들의 관심사와 니즈가 얼마나 큰 영향을 끼치는지 잘 알 수 있는 작품이 있는데 그 책은 바로 1996년에 출간된 김정현 작가의 <아버지>란 책이다. 가장들의 무거운 자리와 현실적인 고뇌를 잘 표현한 작품인데 처음 출간 당시에는 큰 관심과 사랑을 받지 못했지만, 2년 뒤 IMF가 터지면서 관심과 사랑을 받기 시작했다. 그렇게 조금씩 사회적 배경에 맞게 입소문을 타더니 추후에는 3백만 부 이상의 판매부수를 올리는 기염을 토해냈다.

이 작품뿐만 아니라 최근 사회적 흐름이나 관심사를 잘 파악하여 큰 판매부수를 올린 작품도 있는데 바로 하상욱 시인의 <서울 시1,2>란 책이다. 하상욱 시인의 <서울 시>에는 이런 시들이 있다.

다
잊고싶은데

더
또렷해지네

하상욱 단편 시집
'스포일러' 中에서

니가
좋으면

나도
좋은걸

하상욱 단편 시집
'날씨' 中에서

내면을
바라봐

외모에
속지마

하상욱 단편 시집
'덜 익은 삼겹살' 中에서

어찌 보면 말장난 같아 보이기도 하지만 수많은 독자의 마음을 움직인 좋은 시이다. 좋은 글은 반드시 어려운 말과 전문화된 글이 아니라 수많은 독자의 공감과 동감을 얻어낸 글이다. 그런 면에서 하상욱 시인은 시대적인 흐름과 독자들의 니즈를 잘 파악한 훌륭한 시인으로 볼 수 있다.

몇몇 출판사들은 신간을 기획하기 전에 독자들의 관심사와 니즈를 파악하곤 하는데 하상욱 시인의 경우도 처음부터 시집을 제작하기 위해 시를 쓴 것이 아니라 SNS를 통해 자신의 시를 알리기 시작했고, 이 시가 핫이슈가 되면서 시집으로 제작되었다. 이것만 봐도 독자의 관심사와 니즈가 얼마나 크게 작용하는지 잘 알 수 있다.

당신이 책을 쓰겠다고 결심을 했다면 현재 시대적 흐름과 큰 관심사가 무엇인지 둘러보아야 한다. 독자들의 니즈를 찾아보고 그것에 귀를 활짝 열어야 한다. 책의 성공여부는 그것에 달려있다고 해도 과언이 아니다. 독자들의 관심사와 니즈만 잘 파악한다면 베스트셀러는 이미 이루어진 것과 다름없다.

언제나 책을 쓰기 전에 이 질문을 던져보아야 한다.

> **지금 독자들이 가장 좋아하고 가장 원하는 것은 무엇인가?**

이것의 정답을 찾았을 때 이미 당신은 베스트셀러 작가이다.

step 04   제목과 목차 정하기

독자들이 책을 고를 때 가장 먼저 눈에 들어오는 것은 제목과 표지이다. 세련되고 흥미를 유발할 수 있는 제목일수록 일단 책에 관심이 가기 마련이다. 그렇기 때문에 자극적인 제목으로 흥미를 유발하는 책들을 종종 볼 수 있다. 간혹 독자의 유발을 끌어내기 위해 자극적인 제목을 쓰는 것에 대해 부정적인 시각으로 바라보는 사람들도 있는데 이것을 전혀 그런 시각으로 바라볼 필요는 없다.

책은 결국 독자들이 찾아주지 않으면 제 의미를 찾지 못한다. 지금 당장 서점으로 가보라. 서점에는 수백만 권의 책이 있다. 그 책 하나하나 모두 내용을 보고 고를 수는 없다. 자신만 하더라도 서점에 가면 제목과 표지를 훑어보며 끌리는 제목이나 표지를 보고 책을 선별해 펼쳐보고 내용이 어떤지 보고 있지 않는가?

물론 책의 가장 핵심이 되고, 중요한 것은 책 속의 내용이겠지만 그 내용을 보여줄 기회조차 만들지 못하면 아무런 소용이 없지 않는가? 조금 자극적인 제목으로 독자들의 흥미를 유발시킨다고 해서 책 내용의 본질이 달라지진 않는다. 그런 것에 큰 의미를 두지 말고 단 한 사람의 독자라도 더 많이 읽어볼 수 있게 흥미를 유발할 수 있는 모든 수단을 쓰는 것이 좋다.

책의 제목이나 표지로 관심을 끌었다면 그 다음으로 보는 것은 바로 목차이다. 목차는 짧은 시간에 책의 전체적인 느낌과 흐름을 알려주기 때문에 목차를 선정하는 것은 무척이나 중요하다. 책을 많이 보는 사람들은 책을 고를 때 반드시 목차를 읽어본다. 목차만으로 좋은 책인지 내게 필요한 책인지 어느 정도 파악이 되기 때문이다. 책의 제목과 표지로 독자의 관심을 끄는 것에 성공했다 하더라도 목차가 엉성하다면 다시 책을 내려놓기 일쑤이다.

인터넷으로 책을 구입한다고 하더라도 제목과 표지, 목차는 반드시 나와 있다. 그렇기 때문에 사실상 제목, 표지, 목차만으로 독자들의 구입결정이 이루어진다고 해도 과언이 아닌 것이다.

목차는 목차만 봤을 때도 기승전결의 흐름이 파악되는 것이 좋고, 각 장의 전달하려는 주제와 각 꼭지마다의 전달하려는 주제가 확실히 드러나는 것이 좋다. 각 꼭지마다의 주제는 다양하고 흥미로운 내용이면 좋지만 전체적인 주제를 벗어나지 않도록 유의하도록 한다. 자신이 담고 싶은 내용이 많다보면 책 전체의 주제를 벗어나는 경우가 많은데 책에 많은 것을 담고 싶은 욕심은 이해하지만 책 전체의 흐름을 방해하지 않도록 욕심을 적절히 조절하는 것이 중요하다.

목차가 중요한데는 이러한 이유도 있겠지만 무엇보다 목차가 세련되지 못하고 흥미를 끌지 못한다면 제일 먼저 출판사에게조차 러브콜을 받기 힘들다. 출판사는 하루에도 수십 개의 원고를 받는다. 사실상 모든 원고를 하나하나 보긴 힘들기 때문에 제목과 작가 프로필, 목차만을 보고 1차 검토를 마치는 경우도 굉장히 많기 때문에 목차에 따라 책의 출간여부가 결정된다는 생각으로 목차를 신중히 기획하는 것이 좋다.

책을 여러 권 출간한 작가들이라 할지라도 책의 콘셉트를 잡은 후 목차를 만들 때 세련되고, 깔끔한 목차를 만들기 위해 몇 번이고 목차를 고치고 또 고치기를 반복한다. 나 역시 처음 책을 낼 때 목차를 계속해서 수정하고 또 수정하기를 거듭했다. 그렇게 해서 나온 나의 첫 저서 <이제 드림빌더로 거듭나라>의 목차는 이렇다.

TIP# 제목과 목차 정하기

총 4개의 장과 각 장마다 8꼭지로 구성되어 목차만 보더라도 기승전결의 흐름을 알 수 있도록 기획했다. 목차를 기획할 때 꼭 이렇게 해야 한다는 법칙이나 방식이 있는 건 아니지만 일반적으로 큰 주제를 품고 있는 각 장은 4~8장으로 구성되는 것이 좋고, 각 장의 소주제를 맡고 있는 각 꼭지는 장마다 5~10꼭지로 구성되는 것이 좋다. 그렇게 해서 목차 전체가 30~40꼭지 안팎으로 구성되게 기획하는 것이 일반적이다. 물론 꼭 이것에 맞출 필요는 없다. 각 장도, 각 꼭지도 그 이상이 되거나 그 이하가 되어도 상관없다. 이렇든 저렇든 가장 중요한 것은 목차가 책의 흐름과 주제를 잘 나타내고 있느냐이다.

처음에 목차를 구성하기까지 많은 어려움을 겪는다면 다른 책의 목차를 참고해서 써도 무방하다. 지금은 베스트셀러가 되고 유명인사가 된 작가들도 처음에는 그렇게 시작했고, 그렇게 수정을 거듭하며 그 자리에 올랐음을 기억하자. 목차가 완성되었다면 책 쓰기의 큰 고비는 다 넘어온 것이나 다름없으니 열정과 자신감을 가지고 멋진 목차를 기획해보도록 하자.

step 05 출간 계획서 작성하기

목차를 다 만들었으면 원고쓰기에 돌입하면 되는데 원고를 쓰기 전에 한가지 하고 넘어갈 것이 있다. 바로 출간 계획서를 작성해 보는 것인데 목차까지 다 만들고 원고에 돌입하기 전에 출간 계획서를 먼저 작성해보라고 말하면 귀찮고 꼭 해야 하는 작업인가 하고 여기는 경우가 많다. 물론 실제로 출간 계획서를 작성하지 않고 바로 원고에 돌입하는 작가도 많이 있다. 하지만 출간계획서는 책을 집필하기 전에 꼭 해보아야할 중요한 작업이다.

출간 계획서를 쓰는 일은 집을 짓기 전에 설계도를 먼저 그리는 작업이라고 생각하면 된다. 설계도도 없이 집을 짓기 시작하면 제대로 된 집을 짓기는커녕 집 짓는 일 자체가 불가능하게 된다. 실제로 책을 쓰다가 중도 하차하는 대부분의 사람들이 출간 계획서를 제대로 작성하지 않은 사람들이다.

설계도를 가지고 무형에서 나만의 집을 지어 내듯이 책 역시 내

머릿속에서 생각으로만 있던 것들은 정리하여 책이라는 물질형태로 만들어 내는 일이다. 머릿속에 있던 메시지를 온전히 담아 전하기 위해서는 출간 계획서라는 설계도가 반드시 필요하다. 그리고 출간 계획서를 꼼꼼하게 작성할수록 정교하고 훌륭한 책이 나오게 된다.

출간 계획서라고 해서 특별한 정해진 양식이 있는 것은 아니다. 다만 일반적으로 이러한 내용들을 깔끔하고 보기 좋게 적어 작성한다.

출간 계획서

1	가제	책의 주제를 담고 있는 책의 제목을 쓰면 된다. 제목만 봐도 이 책이 어떤 내용일지 알 수 있는 것이 좋으며 독자의 흥미를 유발할만한 조금 자극적인 제목이면 더 좋다.
2	출간 의도	이 책을 어떤 목적으로 쓰는지에 대해 자세히 작성한다. 같은 장르의 이미 출간된 책과의 차별화된 독창성을 같이 작성하는 것이 좋다.
3	출간 시기	책의 출간 시기는 언제가 적당할지에 대해 자신의 의견을 쓴다. 책의 주제에 따라 출간되는 시기도 고려해보는 것이 좋다.
4	타깃 독자	책의 주제에 가장 부합되고 어필할 수 있는 독자층을 선별한다.
5	책의 콘셉트	책의 내용과 주제에 대해 압축적으로 적는다. 각 장이 담고 있는 주제와 전체적인 주제에 대해 적는다.
6	마케팅 전략	책이 출간된 이후 작가 자신이 어떤 식으로 마케팅을 할 것인지를 작성한다. 출판사 입장에서도 마케팅을 출판사에게만 맡기는 것보다 작가가 함께 강연이나 SNS등으로 마케팅에 나서준다면 좋은 이미지를 심어줄 수 있다.
7	경쟁 도서	자신이 정한 주제로 이미 출간되고 판매되고 있는 책들을 작성한다. 이는 자신의 책이 그들의 책과 같지만 다른 차별화된 것을 부각시키는 동시에 어떤 콘셉트인지 한 번에 알아볼 수 있게 한다.
8	집필 기간	원고를 언제 시작하여 언제 마칠지에 대한 계획을 작성한다.
9	저자 프로필	저자만의 스펙을 부각시켜 작성하는 것이 좋다. (저자 프로필의 작성법에 대해서는 추후 다시 설명하겠다.)
10	출판사에게 하고 싶은 말	출판사에 바라는 점이나 고려해 주었으면 하는 내용을 적으면 된다.

꼭 이 10가지를 다 적을 필요는 없지만 일반적으로 이 10가지에서 한, 두 가지를 더 가감하여 작성하게 된다. 앞서 집을 지을 때의 설계도에 비유했듯이 출간 계획서만 보더라도 어떤 책이 나올지 눈에 확연히 드러나야 한다.

만약 이 10가지에 맞춰 출간 계획서를 꼼꼼하게 작성했다면 책이 이미 완성된 것 같은 성취감이 생겨날 것이다. 그리고 이 작성한 계획서대로 책을 완성시켜 출간한다면 분명 좋은 결과가 있을 거라는 믿음도 생기며 자신감도 생기게 될 것이다.

출간 계획서를 작성하지 않은 채로 책을 쓰는 경우 갑자기 원고가 막히거나 잘 안 써질 때 출간 계획서를 써보면 다시 탄력이 붙어 잘 써지기도 한다. 나 역시 출간 계획서를 안 쓰고 원고를 집필하는 경우에는 중간에라도 꼭 출간 계획서를 작성해본다. 그러고 나면 원고를 쓰는 작업이 윤활유를 발라준 듯 척척 진행되곤 한다.

출간 계획서를 쓰는 일이 분명 귀찮은 작업일수도 있고 반드시 하지 않아도 되는 일일수도 있지만 그럼에도 반드시 출간 계획서를 작성해 보는 것을 권한다. 그래야 뼈대가 있는 책을 쓴다는 느낌을 받을 수 있고, 할 수 있다는 자신감도 생기게 된다. 목차를 완성했다고 해서 지금 바로 원고 쓰기에 착수하기보다는 먼저 출간 계획서를 작성하고 완성된 출간 계획서를 자신의 책상 위에 붙여두고 그 계획서를 매일 보면서 자신감이 충만한 상태로 만든 다음 원고 쓰기를 시작하도록 하자. 그래야 책이 완성되고 난 후에도 이 책은 좋은 책이라는 자신감을 가질 수 있다.

급할수록 돌아가라는 말도 있지 않은가? 원고 쓰기 전에 전체적인 계획을 먼저 정리해보면서 만반의 준비를 마치도록 하자.

step 06   책 분량 조절하기

앞서 설명한대로 책의 주제와 콘셉트, 제목과 목차를 정하고 경쟁도서를 독파한 뒤, 출간 계획서까지 작성하는 것을 마쳤다면 이제는 본격적으로 원고 쓰기에 돌입할 때이다. 원고는 차근차근 한 꼭지씩 써나가면 되는데 여기서 처음 책을 쓰는 사람들이 가장 먼저 떠오르는 의문이 바로 "책 한 권 분량이 어느 정도인가요?" 이다.

처음 책을 쓰는 사람들이 책 한 권을 직접 워드에 타이핑해보지 않는 이상 책 한 권의 분량을 알기란 여간 쉽지 않다. 한 꼭지마다 어느 정도 분량의 꼭지를 얼마나 많이 써야하는지 도통 감을 잡기가 어렵다. 일반적으로 책 한 권의 쪽수를 보면 250쪽에서 350쪽에 달한다. 하지만 책 한 권이 300쪽이 나온다고 해서 워드 원고를 300쪽을 써야하는 것은 아니다. 원고를 워드로 작성한다고 했을 때 워드 1쪽이 책 1쪽의 분량은 아니라는 소리다.

결론부터 말하자면 책 한권 분량은 원고지로 약 850매 정도이다. 하지만 이렇게 얘길 해도 쉽게 감이 잡히지는 않을 것이다. 최근까지 원고지에 직접 집필하는 작가도 있지만 요즘 대부분의 작가들은 워드 타이핑 작업으로 책을 집필하고 처음 집필하는 작가들 역시 대부분이 이 방식을 선택하고 있기 때문이다.

그래서 이해하기 쉽게 워드 기준으로 다시 얘기해보자면 워드 1쪽 분량은 원고지 8매 정도가 된다. 이제 책 한 권 분량인 원고 앞서 설명한대로 책의 주제와 콘셉트, 제목과 목차를 정하고 경쟁도서를 독파한 뒤, 출간 계획서까지 작성하는 것을 마쳤다면 이제는 본격적으로 원고 쓰기에 돌입할 때이다. 원고는 차근차근 한 꼭지씩 써나가면 되는데 여기서 처음 책을 쓰는 사람들이 가장 먼저 떠오르는 의문이 바로 "책 한 권 분량이 어느 정도인가요?"이다.

처음 책을 쓰는 사람들이 책 한 권을 직접 워드에 타이핑해보지 않는 이상 책 한 권의 분량을 알기란 여간 쉽지 않다. 한 꼭지마다 어느 정도 분량의 꼭지를 얼마나 많이 써야하는지 도통 감을 잡기가 어렵다. 일반적으로 책 한 권의 쪽수를 보면 250쪽에서 350쪽에 달한다. 하지만 책 한 권이 300쪽이 나온다고 해서 워드 원고를 300쪽을 써야하는 것은 아니다. 원고를 워드로 작성한다고 했을 때 워드 1쪽이 책 1쪽의 분량은 아니라는 소리다.

결론부터 말하자면 책 한권 분량은 원고지로 약 850매 정도이다. 하지만 이렇게 얘길 해도 쉽게 감이 잡히지는 않을 것이다. 최근까지 원고지에 직접 집필하는 작가도 있지만 요즘 대부분의 작가들은 워드 타이핑 작업으로 책을 집필하고 처음 집필하는 작가들 역시 대부분이 이 방식을 선택하고 있기 때문이다.

그래서 이해하기 쉽게 워드 기준으로 다시 얘기해보자면 워드 1쪽 분량은 원고지 8매 정도가 된다. 이제 책 한 권 분량인 원고지 850매 정도의 분량을 워드 기준으로 바꿔 본다면 워드로는 110쪽 정도가 되는 것이다. 평균적으로 워드 100쪽에서 120쪽 내외로 책 한 권의 분량이 나오게 되고 초고 완성 후 퇴고를 하는 과정에서 가감되기도 한다.

워드로 100쪽의 달하는 원고를 쓴다고 생각하면 언제 어떤 내용으로 그 양을 채울 수 있을까? 라는 생각에 혀를 내두르기도 하지만 여기 책 한 권을 쓰는 것의 노하우를 정말 쉽게 편하게 풀어놓은 사람이 있는데 그는 바로 경영전문가이자 집필의 달인으로 불리는 공병호 박사이다.

공병호 박사는 책 쓰기에 대해 이렇게 말한다.

"책을 쓰기 전에 머릿속에 짜임새 있는 청사진을 그려놓습니다. 그리고 그것을 주제 당 원고지 15~20장 분량의 덩어리 40개로 나눕니다. 칼럼을 쓰듯이 40여 일을 꾸준히 쓰다 보면 어느새 책 한 권이 만들어집니다."

이 말이 좀 더 쉽게 풀어주자면 책의 전체 구성을 40꼭지로 나누고 하루에 한 꼭지씩 칼럼을 쓰듯이 40일 동안 쓰면 된다는 소리다. 그리고 한 꼭지를 원고지 15~20장 분량으로 쓰라고 하는데 원고지 15~20장은 워드 기준으로 2.5쪽 정도 되는 분량이다.

쉽게 다시 말하자면 하루에 2.5쪽 분량의 글을 하루 한 개씩 40일 동안 쓰면 책 한 권이 나온다는 소리이다. 이 정도의 분량이 출판사에서도 가장 선호하는 분량이기도 하며 일반적으로 가장 많이 책 한 권으로 제작되는 분량이기도 하다.

처음 원고쓰기에 돌입할 때 이 분량에 대해 염두 해두지 않고 쓰다보면 나중에 분량이 턱없이 부족하거나 반대로 너무 과해질 수도 있다. 책 한 권으로 내기에는 분량이 부족하거나 두 권으로 내기엔 분량이 적고 한 권으로 내기엔 양이 많은 애매한 분량이 되어버릴 수도 있다. 그렇게 되면 초고를 완성 시켰지만 퇴고 과정에서 더 힘들어질 수도 있다.

이해를 돕기 위해 나의 첫 저서인 〈이제 드림빌더로 거듭나라〉의 분량을 말하자면 책으로는 총 250쪽 정도이다. 워드로 작성했을 때 각 꼭지의 분량은 이러하다.

TIP# 책 분량 조절하기

3장 :: 꿈을 이루는 1C° → 19쪽

1 ⋯ 관계를 회복하기로 결심하다 → 2.5쪽

2 ⋯ 꽃으로 살겠다고 선포하라 → 2.0쪽

3 ⋯ 뜨거운 꿈은 길을 밝혀준다 → 2.0쪽

4 ⋯ 두 마리 토끼를 잡아야 할 때도 있다 → 2.5쪽

5 ⋯ 급변인사(急變人死), 불변인사(不變人死) → 2.5쪽

6 ⋯ 외로울수록 잘하고 있는 것이다 → 2.5쪽

7 ⋯ 시간은 언제나 너에게만 없다 → 2.5쪽

8 ⋯ 물은 99C°에서는 끓지 않는다 → 2.5쪽

4장 :: 이제 드림빌더로 거듭나라 → 20쪽

1 ⋯ 막연한 기대보다 간절한 꿈을 품어라 → 2.5쪽

2 ⋯ 상상하는 대로 이루어진다 → 2.5쪽

3 ⋯ Pass Game → 2.5쪽

4 ⋯ 말은 꿈을 건설한다 → 2.5쪽

5 ⋯ 나는 매일 조조와 심야 영화를 본다 → 2.5쪽

6 ⋯ 이미 이루어진 것처럼 살아라 → 2.5쪽

7 ⋯ 쓰면 이루어진다 → 2.5쪽

8 ⋯ 몸 짱에서 이제 꿈 짱으로 거듭나라 → 2.5쪽

나의 첫 저서인 <이제 드림빌더로 거듭나라>는 총 32꼭지로 한 꼭지 당 워드 2.5쪽, 총 79쪽 분량으로 제작되었다. 사실 이 책은 앞서 말한 책 한 권 분량에는 조금 미치지 못한 양이지만 250쪽 가량의 책으로 제작되어 출간되었다. 첫 저서를 내면서 나 역시도 적당한 분량을 맞추는 것에 시행착오를 거친 것이다. 첫 저서라서 애틋한 것도 있지만 그럼에도 여전히 분량에 대해서는 아쉬운 점이 지금까지도 남아있다.

분량에 대한 개념이 잡혔다면 이제 앞서 작성해둔 목차를 기준으로 꼭지마다 어느 정도의 분량으로 글을 쓸지 기준점이 잡혔을 것이다. 이제 분량을 염두 하면서 한 꼭지씩 원고를 작성해 보도록 하자.

step 07   좋은 사례가 좋은 책이 된다

책은 다양한 콘텐츠를 모아서 엮는 것이라고도 할 수 있다. 그렇기 때문에 좋은 콘텐츠를 잘 모으는 것만으로도 좋은 책이 될 수 있다. 물론 콘텐츠만을 찾아 묶는다고 해서 책이 완성되는 것도, 좋은 책이 되는 것도 아니다. 많은 콘텐츠를 넣는다고 해서 작가의 필력이 필요 없는 것 또한 아니다. 다만 좋은 콘텐츠는 작가의 필력을 더 돋보이게 하고, 부족한 부분을 커버해주는 역할을 하기도 한다. 각 꼭지마다 전달하려고 하는 주제에 맞는 사례를 시기적절하게 넣어줌으로써 전달력도 좋아지고 글의 흐름도 좋아지는 것이다.

간혹 초보 작가들이 첫 문장을 쓰는 것에 어려움을 느끼는 경우가 많은데 이 때도 사례로 먼저 글을 시작하는 것도 좋은 방법 중 하나이며 화제를 전환할 때도 사례를 넣어서 자연스럽게 넘어갈 수도 있다. 예를 들어 포기하지 않는 도전정신에 대해 이야기를 할 때면 이런 사례를 넣어주는 것이 좋다.

한 노인이 있었다. 노인은 가진 것을 모두 투자해 요식업 사업을 했지만 실패하고 말았다. 그는 절망했고 두려웠다. 그는 벌써 65세의 적지 않은 나이였고 사업에 실패하고 남은 것은 집 한 채와 105불, 고물이 다 된 자동차 한 대뿐이었다.

하지만 노인은 포기하지 않았다. 반드시 성공하겠다는 의지로 다시 요식업에 뛰어들었다. 자신의 경험을 되살려 특별한 요리를 연구하기 시작했다. 그는 주변의 따가운 시선과 만류에도 아랑곳하지 않고 밤낮으로 요리를 연구했다. 그리고 결국 자신만의 노하우를 기반으로 특별한 요리를 만들어 냈고, 제조법을 특허로 신청하게 된다. 그가 만든 요리는 맛을 인정받기 시작하면서 점점 유명해지기 시작했다. 결국 다른 사업자들에게 기술을 전수해주며 다른 주에 체인점까지 내게 되었다.

이것이 바로 우리가 잘 알고 있는 전 세계적인 패스트푸드 KFC(Kentucky Fried Chicken)이다. 그리고 70세를 바라보는 나이에도 실패를 두려워하지 않고 좌절 앞에서 당당히 일어서 성공을 일궈낸 노인이 바로 KFC매장 앞에 서서 웃고 있는 커넬 샌더스(Colonel Harland Sanders)다. 커넬 샌더스는 꿈을 잃지 말라며 이런 말을 했다.

> **❝ 나는 녹이 슬어 사라지기보다는 ❞
> 다 닳아 빠진 후에 없어지리라.**

이런 사례를 넣어주면서 자연스럽게 어떤 상황에서도 포기하지 말라는 메시지를 넣어주면 훨씬 보기 편하고 전달력도 높아지게 된다. 시기적절한 사례만큼 전달력이 좋은 것도 없다. 이렇다 보니 작가들은 글을 쓸 때 주제에 맞는 좋은 사례와 독특한 사례를 넣기 위해 노력한다. 그래서 평소에도 책을 읽을 때 좋은 사례나 좋은 글이 있다면 메모나 기록을 해두는 습관을 두는 작가도 많이 있다.

하지만 가장 좋은 콘텐츠는 바로 작가 본인의 사례이다. 본인의 사례는 본인만의 독창성과 진실성을 함께 가미하고 있기 때문이다. 그래서 자신이 하고 있는 일이나 가장 잘 아는 분야의 책을 쓰는 것이 좋은 것도 이러한 이유 때문이기도 하며 힘들고 어려운 환경에서 성장하고 극복해온 사람들이 자서전 형식의 자기계발서를 많이 쓰는 것도 자신만의 사례가 있기 때문에 전달력도 뛰어나기 때문이다.

나 또한 어릴 때부터 해온 투병생활과 사업실패로 인한 좌절에서 극복해온 내용을 중심으로 한 자서전 형식의 자기계발서인 <이제 드림빌더로 거듭나라>를 첫 저서로 쓴 것 역시 이러한 이유에서이다.

앞서 경쟁도서를 읽으며 공부할 때에도 비슷한 주제로 쓴 책에서는 어떤 사례를 어떤 주제에 넣었는지를 꼼꼼히 읽어보고 파악할 필요가 있다. 좋은 사례는 작가의 필력을 보완해주고 글의 흐름을 돋보이게 하는 중요한 역할을 하지만 진부하고 주제에 맞지 않는 사례는 오히려 글의 흐름을 방해하고 어디서 읽어본 글이라는 느낌을 주게 된다.

또한 너무 과한 사례는 작가 자신이 전달하려는 메시지를 충분히 못 담을 수도 있으니 각 꼭지마다 너무 사례에만 집착하는 일은 피하도록 한다. 사례는 글에 첨가하는 조미료 역할을 해주어야 하는 것이지 사례 자체가 글의 중심이 되어버려선 안 된다. 사례는 각 꼭지마다 2,3개 정도가 적당하며 너무 길지 않는 것이 좋다.

사례처럼 글에 좋은 조미료 역할을 하는 것이 또 있는데 바로 명언이다. 글의 주제에 맞는 명사들의 명언은 글을 예쁘게 포장하고 무게감 있게 해주는 역할을 한다. 글이 전달하려는 메시지를 깔끔하게 정리하고 재확인시켜주는 역할을 하기 때문에 글의 처음이나 중간, 끝 흐름에 맞게 아무 곳에나 배치해도 큰 무리가 없다.

예를 들어 글을 쓰는 것에 대한 명언을 넣는다면 이런 명언이 좋겠다.

> **❝ 글을 쓸 때에는 모든 것을 내려놓아라. ❞**
> **당신의 내면을 표현하기 위해**
> **단순한 단어들로 단순하게 시작하려고 노력하라.**
>
> – 나탈리 골드버그 –

이런 식으로 주제에 맞는 적절한 명언은 글을 훨씬 돋보이게 한다. 어떻게 보면 작가에게 있어 글을 쓰기 위한 재료라 함은 좋은 사례와 좋은 명언이 아닐까 생각한다. 평소 책을 읽으면서 좋은 사례나 좋은 명언이라 여겨지는 글이 있으면 늘 기록하고 저장해두는 습관을 가지는 것이 좋다. 그래서 작가는 언제나 책을 끼고 살아야 하는 것이며 독서 역시 단순히 책을 읽는 것이 아니라 공부가 되고, 다음 작품을 위한 영감이 된다.

작가는 늘 열려 있어야 한다. 많이 보고, 많이 듣고, 많이 느껴야 하고 그것을 고스란히 전달해줄 수 있도록 책에 잘 녹여야 한다. 작가 자신이 느낀 것을 다른 사람들도 공유할 수 있도록 말이다. 그리고 사례가 바로 그 역할을 해줄 것이다. 많은 사례는 다양한 책을 쓸 수 있는 재료가 되어 줄 것이고, 좋은 사례는 질 좋은 책을 쓸 수 있게 해주는 강력한 무기가 되어 줄 것이다.

step 08   전체적인 글 스케치하기

어떤 화가가 초상화를 그린다고 가정했을 때 화가가 초상화를 그리는 과정을 한 번 생각해보자. 사람마다 그리는 순서가 다를 수도 있고, 그리는 스타일이 다를 수도 있겠지만 일반적으로 얼굴 전체의 구조와 대략적인 큰 스케치를 먼저 그린 다음 눈, 코, 입 등 디테일한 부분을 그리는 것이 일반적이다. 숲을 그릴 때는 어떠한가? 처음 그릴 때부터 나무 한 그루, 한 그루를 디테일하게 그려나가진 않는다. 숲의 전체적인 구도와 느낌을 먼저 잡고 그 후에 디테일한 작업을 한다.

책을 쓰는 것 또한 마찬가지이다. 처음부터 한 꼭지, 한 꼭지를 세밀하고 꼼꼼하게 쓰는 것도 좋지만 그보다 먼저 자신의 머릿속에 구상해놓은 전체적인 느낌을 스케치를 한 뒤에 한 꼭지씩 다듬어 가는 것이 전체적인 흐름을 잡아가는데 더 좋다.

당신이 책 한 권의 분량을 총 40꼭지로 나누어 40일 동안 하루에 한 꼭지씩 쓰겠다고 결심했다고 가정해보자. 하루에 2.5쪽

되는 분량의 글을 쓰는 것은 그리 어렵지 않다고 처음에는 여겨질 것이다. 그렇지만 막상 글을 쓰기 시작하면 생각보다 각 꼭지마다 주제에 맞는 사례나 명언을 넣는 일이 수월하지 않다는 것을 금방 느낄 수 있을 것이다.

책을 쓰다보면 해당 꼭지의 주제에 맞는 사례를 모두 준비해두고 책을 쓰기 경우는 잘 없을뿐더러 그러기란 여간 쉽지 않다. 그렇다고 언제까지고 사례를 다 모을 때까지 준비만 하고 있을 수도 없는 노릇이다. 결국 어느 정도의 사례가 준비가 되었다면 책을 쓰면서 관련 서적을 보고 사례를 모으는 것이 일반적이다.

하지만 오늘 당신이 쓰기로 한 꼭지의 사례가 좀처럼 잘 찾아지지도 생각나지도 않을 수도 있다. 그렇게 되면 당신은 이것 때문에 좀처럼 진도를 나가지 못하게 되어버린다. 책을 쓰다보면 목차를 정해놓고 반드시 1장의 첫 꼭지부터 써나가게 되는 것은 아니기 때문에 막힌 부분은 놔두고 다음 꼭지로 넘어가야 하는 상황이 생기기도 한다.

혹은 영감이 떠오를 때나 혹은 좋은 사례를 알게 됐을 때면 해당 꼭지부터 쓰기도 한다. 그렇게 각 꼭지를 목차 순서와는 다르게 왔다 갔다 하면서 쓰게 되기도 하는데 그러다보면 전체적인 흐름이 조금 뒤죽박죽되는 것 같은 느낌도 받게 된다. 실제로 내가 첫 저서를 쓸 당시에도 각 꼭지를 왔다 갔다 하면서 쓰다 보니 부분, 부분 중복되는 부분이 생기기도 하고, 이미 거론 했던 내용을 처음 거론하듯이 쓴 부분도 보이게 되었다.

자신이 목차를 기획할 때 각 장과 각 꼭지를 기획 한다. 그 때 각 장과 각 꼭지를 기획하면서 '여기에는 이런 내용을 쓸 거야' 라는 생각으로 꼭지를 기획하게 된다. 그런데 막상 그 꼭지의 글을 쓰기 시작하고 처음 내가 생각했던 내용을 글로 쓰다보면 내용이 터무니없이 적은 경우가 많은데 그러다보면 해당 꼭지의 분량을 채우기 위해 전전긍긍하게 되고 한 꼭지에 진을 다 빼버리게 되고 그렇게 되면 다음 꼭지를 쓰는 것도 부담감을 더 느끼게 되어 평균 40꼭지 정도 되는 분량을 '이걸 어떻게 다 쓰지?'라는 마음으로 포기해버리게 된다.

이러한 일을 방지하기 위해서 책을 쓸 때 가장 먼저 해야 하는 작업이 전체적인 책의 진행을 스케치 하는 것이다. 목차를 설정하고 사례가 어느 정도 모이게 되었다면 목차에 맞게 전체적인 책의 스케치를 하는 것인데 이것은 그리 어렵거나 특별한 작업은 아니다. 일단 목차별로 각 꼭지마다 내가 생각했던 내용과 사례를 분량 상관없이 생각나는 대로 다 적는 것이다. 처음 내가 목차를 기획할 때 생각했던 전체적인 흐름과 각 꼭지마다 전달하려고 했던 주제, 이야기 등을 일단 순서나 기승전결 상관없이 다 적는 것이다. 양이 적든 많든 상관없이 무조건 다 적는다. 기억이란 건 언제 다시 떠오르고 잊혀 질지 모르기 때문에 일단 다 기록해 두는 것이 좋다.

이런 식으로 첫 꼭지부터 끝 꼭지까지 적든 많든 해당 꼭지에 관련된 내용을 스케치 하듯 기록해두고 처음부터 각 꼭지를 마무리 짓는다는 느낌으로 써나가는 것이다. 이런 식으로 하면 책 전체의 흐름은 유지하면서 처음 전달하려고 했던 내용의 색깔도 크게 변하지 않은 상태에서 책을 마무리 지을 수 있다. 사람마다 책을 쓰는 스타일은 다르기 때문에 이 방식이 꼭 옳은 방법이고 반드시 이렇게 해야 한다는 건 아니다. 다만 이것은 나만의 노하우일 뿐이고 나의 생각일 뿐이다. 이것이 정답이란 것은 아니지만 한 번쯤 이런 방식으로 써보라고 추천하고 싶은 방법이다.

단지 앞서 비유하며 설명한 화가나 설계도를 제작하는 과정을 본다 하더라도 전체적인 구조나 윤곽을 먼저 설계하고 디테일한 작업을 하는 것을 봤을 때 개인적으로 나는 이 방식을 추천하는 바이다. 각 꼭지의 디테일만을 신경쓰다보면 책 전체의 흐름을 잃어버리게 되는 경우가 종종 있기 때문에 이런 일을 미연에 방지하기 위한 좋은 방법 중 하나인 것이다.

물론 이 방법을 쓰지 않는다고 해서 반드시 전체적인 흐름을 잃는다는 것은 아니다. 그리고 이 방법 말고도 출간계획서를 작성하는 것처럼 흐름을 잃지 않는 방법은 많이 있을 것이다. 그것은 자신이 책을 쓰는 것을 반복하고 학습하면서 자신만의 노하우를 또 찾아가면 되는 것이다.

사실 좋은 책을 쓰기 위해서는 많이 써보는 것만큼 좋은 방법은 없다. 기존 작가의 노하우나 방식을 따라가는 것도 좋지만 많이 쓸수록 자신만의 노하우가 생기기 마련이고, 자신에게 맞는 방식 또한 생겨나기 마련이다.

책을 쓰는 것은 절대 쉬운 작업은 아니다. 하지만 세상 그 어떤 일도 처음부터 쉬운 일이란 없다. 하면서 알아가는 것이고 할수록 그것의 참된 재미를 찾아가는 것이다. 단언하건데 책을 쓰는 일은 정말 매력적인 일이다. 이 책을 읽고 있는 당신 역시 그럴 것이라 생각하고, 책을 쓰는 일의 매력을 알고 싶어 이 책을 집어든 것이라 생각한다. 그렇다면 절대 쉽게 포기하지 않길 바란다. 당신이 생각했던 것만큼 아니 그보다 더 책을 쓰는 일은 흥미롭고 즐거운 일이며 그 결과물은 더 큰 보답으로 돌아오게 된다.

어떤 한 꼭지에서 막혔다고 지치지 말고, 전체적인 느낌을 보도록 하자. 책을 쓰다가 막혔다고 해서 포기하지 말고 이 책이 완성되고 출간되었을 때의 모습을 보도록 하자. 전체적인 틀을 만들어 놓으면 부분, 부분 디테일한 작업이 막혔어도 크게 지치지 않는다. 초상화를 그린다고 생각해봐도 전체적인 윤곽이 잘 잡히면 눈, 코, 입은 얼마든지 수정해 나가면서 그려 나갈 수 있다. 책 또한 전체적인 흐름이 잘 잡혀있으면 각 꼭지의 디테일한 부분은 얼마든지 수정해 나가면서 채워나가면 된다.

우리가 하는 책 쓰기는 한 꼭지만 쓴다고 완성되는 작업이 아니다. 몇 십 개의 꼭지를 모아 묶어야 책으로 만들어지는 것이다. 그것에서 가장 중요한 것은 책 전체의 기승전결이며 메시지임을 잊지 말자. 언제나 나무를 보지 말고, 숲을 보는 작가가 되도록 하자.

step 09   쉽게 쓰고, 쉽게 읽히기

처음 책을 쓰다보면 저자로서 필력을 보여야 한다는 의무감과 어려운 단어를 써서 지식인처럼 보여야 한다는 부담감을 느끼는 사람이 종종 있는데 전혀 그런 생각을 할 필요는 없다. 책을 쓰는 건 반드시 국문학과를 나와야 한다거나 수상을 받아서 등단을 해야만 쓸 수 있는 건 아니다. 누구나 책을 쓸 수 있고, 누구나 써도 된다. 오히려 갈수록 평범한 사람들의 책이 출간되는 경우가 점점 더 늘어나고 있는 추세다.

이러한 현상은 어찌 보면 당연한 결과일수도 있다. 책을 읽는 독자는 작가나 전문가가 아닌 대부분이 평범한 사람들이다. 이들에게는 전문가나 작가의 화려한 문체와 특별한 경험보다 평범하고 나와 별반 다를 것 없는 사람들의 글과 이야기에서 더 큰 공감을 느낄 수 있는 것이다.

그렇기 때문에 굳이 어려운 단어를 골라 쓰거나 말을 이해하기 어렵게 쓸 필요는 없다. 누구나 이해하기 쉽고, 전하려는 메시지가 오해 없이 받아들일 수 있도록 편하게 쓰면 된다. 언제나 글을 쓸 때는 초등학생부터 칠순 노모까지 이해할 수 있도록 써야 한다.

쉽고 편하게 쓰는 것이 주제 자체가 쉽고 편해야 한다는 것은 아니다. 어떤 주제가 되었든 친구에게 이야기하듯이 쉽고 편하게 풀어서 설명해 주어야 한다는 것이다. 간혹 박사나 전문직에 종사하시는 분들이 글을 쓸 때 논문같이 쓰는 경우가 많은데 이런 글은 정말 논문을 쓸 때만 그렇게 쓰면 된다. 책을 보는 독자는 대부분이 해당분야의 전문가가 아님을 기억해야 한다.

오히려 일기나 편지처럼 쉽게 읽혀지는 책이 대중들의 사랑을 받는 경우가 더 많다. 2000년도의 출간된 김호식의 <엽기적인 그녀>나 2012년도에 출간된 김선미의 <지랄발랄 하은맘의 불량육아>만 봐도 저자로서의 전문가적인 필력이나 문체가 아닌 친구에게 말하듯 일기나 편지 같은 형식의 글로 써져 있다. 하지만 이 책들은 독자들의 많은 사랑을 받으며 큰 인기를 얻었다.

영국의 소설가 겸 만화가, 그래픽 노벨작가, 오디오 극작 및 영화 각본가인 닐 게이먼은 글쓰기에 대해서 이렇게 말했다.

❝ 당신만이 전할 수 있는 이야기를 써라. ❞
너보다 더 똑똑하고 우수한 작가들은 많다.

어렵고 전문적인 글을 우수한 필력을 가진 작가들에게 맡겨라.

당신은 당신만이 전할 수 있는 이야기에 포커스를 맞춰라. 자신이 할 수 있는 자신만의 이야기를 친구에게 이야기하듯 쉽게 쓰는 것이다. 내가 독자의 입장에서 읽었을 때 어렵지 않게 읽을 수 있도록 글을 쓰는 것이다. 내가 독자라고 생각해 봤을 때 내가 사고 싶어 할 그런 책을 쓴다고 생각해야 한다. 그런 책이 독자에게 많은 공감을 이끌어 낼 수 있는 것이다.

음악만 보더라도 대중에게 인기 있고 많이 들려지는 음악은 좋은 멜로디에 바로 자신의 이야기 같은 가사 때문이다. 글이든 음악이든 자신과 동떨어진 이야기와 아무 상관없는 글은 공감대를 형성시키지 못하고, 공감대를 형성시키지 못하면 아무리 좋은 글이라 할지라도 아무도 찾지 않는 죽어버린 글이 되어버리고 만다.

이런 결과를 미연에 방지하기 위해서는 글을 쓸 때 내가 저자로서 독자에게 가르친다는 느낌으로 쓰기보다 같은 독자의 입장에서 공감할 수 있는 이야기를 대화하듯이 쓰는 느낌을 주는 것이 훨씬 좋다. 물론 책으로 자신의 지식과 지혜를 가르쳐 주는 것은 좋지만 교육서가 아닌 이상 그런 느낌만으로 글을 쓰는 건 좋지 않다.

글을 쉽게 쓰고, 쉽게 읽히도록 쓴다는 것을 더 잘 이해하려면 에세이와 자기계발서의 베스트셀러를 읽어보면 이해하기 편할 것이다. 대중의 사랑을 받는 책은 하나같이 읽기 편하고 쉽게 써져 있다는 것을 알 수 있다. 2010년도에 출간되어 학생들의 선풍적인 인기를 받았던 김난도 교수의 〈아프니까 청춘이다〉라는 책 역시 그러하다.

아무리 좋은 내용과 좋은 메시지를 담았다고 하더라도 독자들에게 읽혀지지 않으면 아무런 의미가 없다. 아무리 좋은 음식이라도 먹지 않으면 몸에 아무런 도움이 되지 않는 것처럼 말이다. 책은 저자의 의도가 최대한 100% 독자에게 전달되는 것이 중요하다.

저자의 의도가 최대한 100% 독자에게 전달되기 위해서는 이것을 명심해야 한다.

66 간략하게 쓰되, 풀어서 쓰도록 한다. 99

이게 무슨 어폐가 있는 말인가? 라고 생각하겠지만 지금 바로 설명하겠다. 글은 간략하게 써야한다. 간략하게 쓴다는 것은 한 문장의 길이가 너무 길어서는 안 된다는 것이다. 간혹 긴 문장으로 써야 필력이 있어 보이고, 한 문장 안에 한 주제를 꼭 담아야 한다고 생각하는 사람이 있는데 전혀 그렇지 않다. 주제를 담아야 하는 것은 문장보다는 문단으로 생각해야 하고, 너무 긴 문장은 필력이 있어 보이기는커녕 독자로 하여금 글에 집중하는 것을 방해하게 한다. 그 반대로 간결하고 간략한 문장이 오히려 독자는 읽기 더 편하고 글에 더 잘 몰입 되는 것이다.

그러면 간략하게 쓰라고 하면서 풀어서 쓰라는 건 무엇을 말하는 걸까? 그것은 자신이 전달하려는 메시지를 한, 두 줄의 문장만으로 압축해서 쓰지 말라는 것이다. 자신이 전달하려는 메시지는 자신의 머릿속에만 정리되어 있는 내용이기 때문에 한, 두 줄의 문장으로 압축시켜서 메시지를 전달하려고 하면 독자들은 이해도 쉽게 되지 않고, 해석도 제 마음대로 하게 된다.

자신이 쓰고 있는 책의 장르가 시라면 또 이야기는 달라지겠지만, 시가 아닌 다른 장르의 책은 이 부분을 꼭 염두 해두어야 한다. 누군가에게 어떤 이야기를 전달한다고 가정해 봤을 때 자신은 모든 것을 알고 있는 상태에서 이야기를 하고 있는 거지만, 상대방은 무지의 상태에서 이야기를 듣고 있는 것이기 때문에 핵심만을 이야기하는 것이 아니라 핵심이 충분히 이해될 수 있도록 앞, 뒤, 전, 후 상황을 충분히 이야기 해주어야 하는 것이다.

당신이 커피숍에서 친구와 이야기를 하고 있고 당신은 친구에게 이런 말을 뱉었다.

"아, 개 짜증나."

그럼 친구는 반드시 이렇게 물을 것이다.

"왜?"

그럼 당신은 "왜?"라고 묻는 친구의 의문을 풀어주기 위해 부가설명을 하기 시작할 것이다. 책도 마찬가지다. 책에는 당신이 전달하려는 메시지를 담았다. 독자가 당신의 책을 읽다가 '왜?'라는 의문을 품었을 때 책에서 이 의문을 충분히 풀어서 설명해 주지 않으면 독자는 '왜?'라는 의문의 갈증을 풀지 못한 채로 계속 책을 읽어야 한다. 이것은 얼마가지 않아 독자를 지치게 하고 결국 책을 덮어버리게 한다.

글은 언제나 읽기 편하고 이해가 쉽게 되어야 많이 읽혀진다. 아무리 좋은 내용을 담았더라도 읽혀지지 않으면 그것은 책으로써 죽어있는 것과 마찬가지이게 된다. 책으로써의 역할을 전혀 하지 못하고 있는 것이다. 힘들고 어렵게 쓴 책이 그렇게 된다고 생각하면 얼마나 슬픈 일이겠는가?

친구와 대화하듯 친구에게 이야기를 늘어놓듯 쉽게 편하게 쓰는 것! 내게 어려운 글은 독자에게도 어려운 글임을 항상 명심하도록 하자.

step 10 원고 완성시키기

앞서 말한 방식대로 전체적인 스케치를 하고 난 뒤 하루에 한, 두 꼭지씩 다듬어 완성시키다 보면 어느새 짧게는 두 달이나 여유롭게 써도 세 달이면 초고를 완성시킬 수 있게 된다. 하지만 책을 쓰는 작업에 처음 뛰어든 초보 작가들은 대부분이 초고가 예정보다 길어지고 생각처럼 술술 써지지 않아 중도에 포기하는 경우가 많은데 그것은 본인이 초보 작가라서 그런 것이 아니라 책을 쓰는 모든 이가 그러하다는 것을 알았으면 좋겠다.

그렇기 때문에 초고는 최대한 빨리 끝내는 것이 좋다. 가능한 시간을 타이트하게 잡아두고 진행을 해야 중도에 포기하지 않고 초고를 빨리 끝낼 수 있다. 오래 끌면 끌수록 더 손을 대기 싫어지고 초심이 흔들리기 때문이다. 일단 시간을 타이트하게 잡아둔 다음 무작정 영감이 떠오르는 대로 글을 작성한 다음 퇴고의 과정을 통해 다시 글을 다듬어 주는 것이 좋다. 설령 초고작업보다 퇴고작업이 더 오래 걸리더라도 말이다.

세상의 어떤 책도 초고라는 과정을 거치지 않은 책은 없다. 그 어떤 위대한 작품이라도 할지라도 말이다. 그리고 그 어떤 작가라 할지라도 초고를 완성시키는 과정은 힘겹고 어렵다. 그럼에도 초고를 최대한 빨리 써야한다고 말하는 이유는 초고자체를 너무 오래 끌고 붙잡고 있게 되면 처음의 열정과 영감이 점점 잊혀져버리기 때문에 초고는 최대 3개월을 넘지 않는 선에서 진행되어야 한다.

초고에 모든 것을 완벽하게 하려고 하면 글을 고치다가 세월이 다 가버린다. 초고가 끝난다고 바로 책으로 나오는 것은 아니기 때문에 처음부터 초고를 완벽하게 쓴다는 생각은 버리는 것이 좋다. 물론 초고를 잘 써서 수정할 것이 별로 없으면 좋긴 하겠지만 초고에서 수정 없이 책을 낸다는 것은 사실상 불가능에 가깝기 때문에 그런 생각은 애초에 버리고 쓰는 것이 좋다.

<노인과 바다>의 저자 어니스트 헤밍웨이(Ernest Hemingway)는 글쓰기에 대해 이런 말을 한 적이 있다.

66 모든 초고는 쓰레기다. 99
글을 쓰는 데에는 죽치고 앉아서 쓰는 수밖에 없다.
나는 <무기여 잘 있거라>를
마지막 페이지까지 39번이나 수정했다.

어떤 작가든 초고를 완성시킨 뒤 고쳐 쓰기를 수십 번, 수백 번 반복한다. 세계적인 작가들조차 말이다. 초고만으로 책이 나온 다는 것은 사실상 있을 수 없다. 많은 작가들이 초고를 쓰는 시간보다 수정하는 작업에 더 시간을 투자하기도 한다. 초고에 시간을 많이 투자했던 적게 투자했든 수정하는 작업을 거치지 않을 수는 없다는 것이다. 그러니 초고를 완성시키는데 너무 오래 시간을 투자하기 보단 수정작업에 심혈을 기울이는 것이 더 효과적이다. 초고의 완성도가 떨어진다고 하더라도 수정작업으로 충분히 완성도를 올릴 수 있다.

초고 작업에 너무 완벽한 책을 쓰려고 애쓸 필요는 없다. 오히려 초고 작업이 너무 길어지면 앞서 말한 것처럼 지쳐간다. 하지만 일단 초고를 완성시키게 되면 너무 뿌듯하고 해냈다는 성취감으로 무척 기분이 좋아진다. 벌써 책이 다 완성 되었다는 기분까지 들며 할 수 있다는 자신감도 충만해지게 된다. 그러면 수정작업에도 박차를 가할 수 있는 힘이 생기게 된다.

초고를 수정하는 작업을 퇴고라고 하는데 수많은 유명작가들은 초고보다 퇴고 작업의 중요성을 더 강조한다. 소설 〈7년의 밤〉, 〈내 심장을 쏴라〉, 〈28〉등으로 유명한 정유정 작가는 한 인터뷰에서 이렇게 말한다.

"초고는 보통 석 달 안에 끝냅니다. 마냥 신나는 때죠. 말이 되든 안 되든 일단은 달리는 시기니까요. 이후부터는 저 자신과의 드잡이 질이에요. 저는 초고의 흔적이 탈고 때까지 남아 있으면 그 소설은 실패라고 봅니다. 제가 천재가 아닌 바에야, 석 달 동안 내달린 장면들이 쓸 만한 것일 리 없죠. 대부분 클리셰일 수밖에 없어요. 그걸 완전히 벗겨내는 데 1년 가까이 걸려요. 어느 대가의 말처럼, 저는 초고를 버리기 위해서 씁니다."

인터뷰에서 정유정 작가는 탈고 이후 초고의 흔적이 남아있어선 안 된다고 인터뷰를 했는데 탈고라는 것은 퇴고 작업 이후 책의 원고를 마감하는 것을 의미한다. 그녀 역시 퇴고 작업에 대해 중요성을 여러 인터뷰를 통해 강조해왔으며 본인 역시 퇴고 작업은 너무 힘든 과정이라고 밝힌 적이 있다.

퇴고 작업이 생각보다 오래 걸려 '내가 초보 작가라서 퇴고하는 것에 이렇게 오랜 시간이 걸리고 힘든 걸 거야.'라는 생각이 든다면 그건 너무 건방진 생각이다. <가프가 본 세상(The World According to Garp)>의 저자이자 세계적인 베스트셀러 작가인 존 어빙은 "내 인생의 절반은 고쳐 쓰는 작업을 위해 존재한다."고 했다. 퇴고 작업은 작가 자신이 만족할 때까지 끝이 없는 작업이다. 앞서 어니스트 헤밍웨이나 정유정 작가의 경우를 보라. 세계적인 거장인 어니스트 헤밍웨이조차 마지막 페이지를 39번 고쳐 썼다고 했으며 이미 소설가로서 유명한 정유정 작가 역시 탈고까지 1년이란 시간이 걸렸다고 했다.

퇴고 작업이 누가 얼마나 해야 한다고 정해져 있는 것은 아니다. 빠르면 하루 이틀 만에 끝낼 수도 있고, 몇 십 년에 걸쳐 할 수도 있다. 아니 결국 끝내지 못할 수도 있다. 자신이 탈고작업까지 마쳐 출판사에 원고를 투고하여 계약을 하게 됐다하더라도 출판사의 요청으로 또 다시 퇴고 작업을 할 수도 있으며 그런 경우 역시 태반이다. 책이 출간되기 직전까지 퇴고 작업은 계속 되며 출간된 이후에도 재판을 들어갈 때 퇴고 하는 경우도 수두룩하다.

그냥 처음부터 초고를 쓸 때 이 세상에 완벽한 문장과 완벽한 글은 없다고 생각하는 것이 현명하다. 자신이 쓰는 글이 완벽해야 한다는 생각에 포커스를 맞추지 말고, 나의 생각을 최대한 오해 없이 100% 전달될 수 있도록 글을 쓰는 것에 포커스를 맞추고 글을 써나가야 한다. 퇴고 작업을 하는 것 역시 글을 더 깔끔하고 보기 좋게 다듬어 전달력이 좋아지게 하는 작업일 뿐 완벽한 글로 만드는 일은 아니라는 것을 염두 해두자.

초고를 끝내고 퇴고 작업을 하고 있는 사람이 있다면 나는 당신이 그 작업을 좀 더 흥미롭고 행복한 마음으로 하길 바란다. 퇴고 작업이 끝이 없어 보인다고 처음부터 다시 글을 쓰는 듯한 기분이 든다 하더라도 말이다. 나무에 매일 매일 꾸준히 물을 주다보면 어느 샌가 달콤한 열매를 맺듯이 당신이 매일 매일 퇴고 작업을 하다보면 어느 샌가 당신의 글을 훌륭한 책이란 열매를 맺게 될 것이다. 퇴고의 시간이 얼마나 값진지는 책이 나오고 난 뒤에 절실히 느끼게 된다. 퇴고 작업을 하면서 얼마나 달콤한 열매로 이 책이 나오게 될지 기대하고 설레어하면서 퇴고 작업을 하기를 바란다.

글을 쓸 때 초고는 비포장도로처럼 투박하고 거칠게 정리되지 않은 느낌으로 쓰되 최대한 신속하고 가볍게 쓰고, 퇴고 작업을 할 때는 깔끔하고 세련되게 하되 안정되고 묵직한 느낌으로 쓰도록 한다. 나비처럼 날아서, 벌처럼 쏘는 것이 아니라 나비처럼 가벼운 마음으로 초고를 쓰고, 벌처럼 뚜렷한 목표점을 노리고 진지하게 퇴고 작업을 하는 것이다.

step 11 나만의 프로필 만들기

책의 가장 중요한 부분은 분명히 원고이다. 하지만 원고가 아무리 좋다 하더라도 어떤 출판사에서도 출간 의사를 보내오지 않으면 이 훌륭한 원고는 빛을 보지도 못하고 저버리고 만다. 출판사에 원고를 투고 했을 때 출판사에서 가장 먼저 주의 깊게 보는 것은 앞서 말한 것처럼 저자의 프로필과 원고의 목차이다. 간단하게 볼 수 있는 이 두 가지로 출판사의 이목을 먼저 끌지 못하면 원고가 아무리 좋다 하더라도 원고를 읽어보기도 전에 퇴짜를 놓는 경우가 허다하다.

대부분의 사람들이 원고만 좋으면 출판사와 계약을 하고, 원고만 좋으면 베스트셀러가 된다고 생각하지만 현실과 생각과는 꽤나 동떨어져 있다. 출판사와의 계약은 앞서 말한 것처럼 저자의 프로필과 목차로 일단 출판사의 눈길을 끌어야 계약하기 유리하고, 베스트셀러는 출판사의 철저한 마케팅으로 이루어지는 경우가 훨씬 더 많은 것이 현실이다.

내가 처음 원고를 투고 했을 때는 이메일로 투고를 했었는데 (요즘도 원고를 직접 프린트해서 출판사로 가지고 가거나 보내는 작가들도 있지만 대부분은 이메일 투고를 많이 한다.) 반 정도가 원고를 제대로 검토도 하지 않고 자신들의 출판사와 콘셉트가 맞지 않다는 이유로 퇴짜를 놓는 답변 메일이 왔다. 제대로 확인도 안하고 퇴짜를 났다고 확신하는 것은 이메일을 확인하고 답변 메일이 온 시간이 1분도 채 걸리지 않았기 때문이다. 아마 보낸 원고를 보지도 않고 목차나 프로필만을 확인했거나 아예 내용자체를 확인조차 하지 않고 일관된 답변 메일을 뿌린 것이라 여겨진다.

출판사의 입장도 이해를 못하는 건 아니다. 하루에서 수 십 통의 원고가 투고되고 있는 상황에 일일이 투고되는 원고를 하나씩 다 읽어보기란 무리일 것이다. 그리고 노하우가 생겨 목차나 프로필만 보고도 어느 정도의 판매지수를 파악할 수 있을 것이다. 그렇기 때문에 무조건 원고를 읽어주지 않는 출판사를 원망할 것이 아니라 출판사의 이목을 끌 수 있는 목차와 프로필을 기획하는 것이 더 현명한 길이다.

목차는 글을 쓰기 전에 기획을 했기 때문에 이제 저자의 프로필을 맛깔나게 써보는 것에 집중한다. 프로필은 일단 최대한 풀어서 쓰는 것이 좋다. 너무 함축적으로 쓰게 되면 독자는 저자라는 사람에 대해 어떤 사람인지 알 수 없다. 독자의 입장에서 저자에 대해 한 눈에 알아볼 수 있게 쓰는 것이 중요하다. 책을 본격적으로 읽기 전에 저자의 프로필을 보고 이 사람이 어떤 사람이고, 어떤 상황에서 이런 글을 썼다는 걸 독자들이 알고 책을 읽을 수 있게 해주어야 한다.

프로필을 작성하라고 하면 많은 사람들이 "저는 학력이 좋지도 않고, 스펙도 없는데 도대체 프로필로 뭘 써야 하나요?"라고 묻는 사람들이 많다. 그런 경우에는 어떤 부분에 대해 내가 글을 썼는지를 다시 생각해보는 것이 좋다.

만약 내가 평생 수 십 가지의 아르바이트를 한 경험이 있어서 그 경험에서 느낀 것을 책으로 썼다면 프로필에 수 십 가지의 아르바이트 한 것을 중심으로 쓰면 된다. 혹은 내가 20년 동안 세 아이를 키우면서 느낀 점을 육아와 자녀 교육에 대한 책을 썼다면 프로필에 20년 동안 세 아이를 키운 것을 중점으로 잘 풀어 쓰면 된다.

지금 당신이 읽고 있는 이 책의 요점이 무엇인가? 누구나 책을 쓸 수 있고 책을 낼 수 있다는 것을 이야기하고 있다. 지금까지 자신의 이야기를 책으로 내라고 이야기 해왔지 않은가? 프로필 역시 그러하다. 당신의 살아온 이야기가 스펙이 되고, 당신의 삶이 경력이 된다. 자신의 삶에 더 자부심을 가져라. 당신의 생각보다 당신의 삶은 훨씬 더 값어치 있고 고귀하다는 것을 기억해야 한다.

나 역시 학력도 좋지 않고, 이렇다 할 스펙도 없다. 그래서 첫 저서의 프로필을 이렇게 작성했다.

[서상우 작가's PROFILE]

서상우 작가는 포항의 한 평범한 가정에서 태어나 많은 사랑을 받으며 자라지만 5살 때부터 시작된 투병생활로 인해 조금은 남다른 삶을 살게 된다.

학창시절을 온갖 합병증으로 힘겨운 시간을 보냈지만 20대에 들어서면서 기적처럼 상태가 호전되기 시작해 조금씩 정상적인 삶을 살아갈 수 있게 되었다.

그 이후 서울에 상경하여 음악을 시작하면서 <스위트룸>, <엠픽>등 다수 프로그램의 음악감독을 맡았다. 녹음실과 연예기획사, PC방 등 개인사업과 행복한 결혼생활로 승승장구 하는 듯 했지만 사업에 실패하면서 다시 한 번 좌절을 겪게 된다. 하지만 끝없는 자기계발과 자기성찰로 결국 다시 일어서 현재는 강연과 1:1멘토링을 통해 세상의 모든 이가 특별하고 꿈을 이룰 수 있다는 메시지를 전하고 있다.

그는 동기부여 강사와 자기계발 작가로서 많은 사람들이 꿈을 이룰 수 있도록 드림빌딩 코치가 되어주고 있다.

정말 아무것도 없지 않은가? 학력에 대한 것도 스펙에 대한 것도 없다. 그저 어린 시절부터 해왔던 투병 생활과 내가 살아온 삶에 대해 짧게 풀어 놓은 것에 불과하다. 하지만 이 프로필로 출간된 나의 책이 나의 프로필을 더 채워줄 것이고, 지금 당신이 보고 있는 이 책이 또 다음 나의 책에 들어갈 프로필을 채워줄 것이다. 나는 아무 것도 내세울 게 없다는 생각을 버려야 한다.

많은 사랑을 받는 책을 보면 훌륭한 필력과 수준 높은 책도 물론 많지만 그렇지 않으면서도 많은 사랑을 받는 책은 수없이 많다. 그것은 많은 공감과 진심이 전해졌기 때문이다. 당신의 프로필 역시 그렇게 쓰면 된다. 화려한 학력과 스펙이 없더라도 진심과 공감이 느껴지게 쓰면 그것 역시 훌륭한 프로필이 된다.

책을 내고 강연까지 생각하고 있는 저자는 프로필에 좀 더 신경을 써야 한다. 책을 낸 이후 강연 요청이나 칼럼 기고 요청을 할 때는 책의 내용도 내용이지만 프로필을 보고 요청을 해오는 경우도 많기 때문이다. 책 출간 후 동기부여나 희망적인 주제로 강연을 하고 싶다면 프로필에 그런 내용을 더 어필하는 것이 좋으며 자신이 일하고 있는 분야 쪽에서 강연이나 칼럼을 쓰고 싶다면 그런 부분을 좀 더 어필하는 것이 좋다.

프로필은 저자에게 있어 명함과도 같은 것이다. 책을 출간하게 되면 저자는 수백 장의 명함이나 자기소개서가 아닌 자신의 책으로 자신을 알리게 된다. 그 중에서도 프로필이 그 역할의 선봉장에 서게 된다.

훌륭한 원고가 책을 빛나게 한다면 훌륭한 프로필은 책을 기대하게 한다. 사람에게도 첫 이미지가 중요하듯 책의 첫 이미지도 중요하다. '원고만 좋으면 됐지 머.'라는 생각을 하고 있다면 생각을 고쳐먹고 프로필 쓰는 것에도 신중함을 더 해야 한다. 프로필은 나의 얼굴이다. 독자들이 나를 인식하는 소개서와 같다. 진중하고 신중하되 진심과 공감을 이끌어 낼 수 있는 프로필을 작성해보도록 하자.

step 12 　출판사 선별하기

원고를 탈고까지 하고 저자 프로필까지 꼼꼼히 작성했다. 그러면 이제 출판사에 투고만 하면 되는데 막상 출판사에 투고를 하려고 하면 어떤 출판사에 투고를 해야 할지 막막하고 막연해진다.

어떤 출판사에 투고를 하면 되는지 어떤 출판사가 좋은지 나쁜지 알 수 없다. 무작정 대형 출판사에 투고를 하면 되는 건지 아니면 그저 무작정 수 십군데 투고를 하고 연락이 오는 곳과 감사히 계약을 하면 되는 것인지 알 길이 없다.

지금 이 책에서 "이 출판사가 좋습니다."라는 식으로 단정 지어서 정의를 내려줄 수는 없다. 하지만 출판사를 선별할 때 고려해야 될 부분과 본인이 판단할 수 있도록 여러 가지 팁(Tip)을 알려줄 수는 있다.

먼저 출판사는 대형, 중형, 소형 출판사로 나눌 수 있다. 책이 많이 팔리기 위해서는 대형 출판사가 좋지 않겠냐는 생각이 대다수다. 이것은 틀린 말은 아니다. 대형 출판사일수록 마케팅이나 홍보에 유리하다는 건 맞는 말이다. 하지만 단점도 있다. 대형 출판사인 만큼 출판 의뢰도 많고 출판해야 할 책도 쌓여있기 마련이기 때문에 계약을 하고 나서 출판하기까지 시간도 오래 걸리고, 보다 완벽한 원고를 원하기 때문에 수정을 요구하는 내용도 많다. 쉽게 말해 출간되기까지 요구사항도 많고 시간도 오래 걸리는 경우가 많다는 것이다.

그 반대로 중소형출판사는 출간되는 책 한 권, 한 권에 신경을 써주고 출간까지 신속하게 진행되기도 한다. 하지만 대형 출판사에 비해 노하우나 경험이 부족하기 때문에 책 디자인이나 홍보에 미흡한 부분을 보이기도 한다.

대형 출판사든 중소형 출판사든 어떤 곳이 더 낫다는 정답은 없다. 단지 출판사를 선별할 때 어느 정도 이런 부분을 고려하고 선택하는 것이 좋다. 대형 출판사는 대형 출판사만의 장점과 단점이 있고, 중소형 출판사도 중소형 출판사만의 장점과 단점이 있기 때문에 저자 본인이 무엇을 우선순위에 두느냐에 따라 선택의 폭은 달라질 것이다.

조금 더 알아보기 쉽게 대형 출판사와 중소형 출판사의 장단점을 정리해 보도록 하자.

:: 대형 출판사의 장·단점

장 점	❶ 출판사의 브랜드 파워가 높다. ❷ 자금력이 있어 홍보가 대대적이다. ❸ 인세 지급날짜를 잘 지킨다. ❹ 상업적인 마케팅이 뛰어나다. ❺ 온라인과 오프라인 모든 서점과 네트워킹이 되어있다.
단 점	❶ 출판시기가 대체로 늦다. ❷ 저자에게 요구 사항이 많다. ❸ 저자의 의견이 잘 반영되지 않는다. ❹ 유명 저자들 위주로 출간한다. ❺ 출간하는 책들이 많아 디테일한 부분을 세심하게 봐주지 못한다.

:: 중소형 출판사의 장·단점

장 점	❶ 출판시기가 빠르다. 빠르면 한 달 안에 출간되기도 한다. ❷ 저자의 의견을 적극 반영한다. ❸ 책의 세밀한 부분까지 신경 쓴다. ❹ 내 책의 홍보에 적극적으로 나선다. ❺ 출판사와 좋은 관계를 유지하면 다음 책의 출간으로 이어지기도 한다.
단 점	❶ 인지도가 낮다. ❷ 가끔씩 인세지급을 제대로 지키지 않는다. ❸ 홍보에 적극적으로 나서지만 경비가 적게 드는 쪽으로만 하는 경우가 많다. ❹ 오프라인 서점에 비치되는 공간이 협소하다. ❺ 경비를 줄이기 위해 책의 재질과 디자인을 최소비용으로 제작하기도 한다.

이렇게 대형 출판사와 중소형 출판사의 장점과 단점을 비교해서 정리해 두었지만 대형 출판사라고 해서 꼭 저런 장점과 단점을 갖고 있는 것은 아니며 중소형 출판사라고 꼭 저런 것만도 아니다. 이것은 단지 이럴 수도 있으니 피칭이후 계약을 하자고 연락이 오는 출판사가 있다면 이것을 염두 해두고 출판사와 미팅을 할 때 이것저것 꼼꼼하게 따져보고 계약을 하라는 것이다.

대형 출판사라 하더라도 저자의 의견을 적극 반영하고 출간시기가 빠를 때도 있으며, 중소형 출판사라 하더라도 대대적인 홍보와 정확한 인세지급으로 신뢰를 지키는 출판사도 많다. 오히려 그런 출판사가 더 많을 것이다. 하지만 만에 하나라도 그럴 경우가 있을 수 있으니 돌다리도 두드려보고 건넌다는 마음으로 꼼꼼히 체크해 보라는 것이다.

힘겹게 쓴 나의 원고가 엄한 출판사를 만나 빛도 보기도 전에 사장 당하게 된다면 그보다 슬픈 일이 어디 있겠는가? 의외로 많은 분들이 힘겹게 원고를 다 쓰고 나서는 엄한 출판사와 계약을 하게 되면서 좋지 않은 결과를 초래하는 경우가 많다. 최악의 상황에는 출판사와 소송까지 하게 되는 상황도 종종 나오기도 한다.

초보 작가일수록 힘겹게 쓴 원고를 투고 했는데 '계약하자는 연락이 오지 않으면 어쩌지?'라는 두려움 때문에 출판사에서 연락이 오면 앞 뒤 생각안하고 무조건 "네, 네."라고 대답하며 계약하는 경우가 많은데 언제나 명심해야 할 것은 출판 계약의

'갑'은 저자 자신이며 '을'은 출판사이다.

써놓은 글은 어디 도망가거나 사라지지 않는다. 당장 계약이 안 되는 것에 너무 두려움을 느낄 필요는 없다. 언제나 갑의 마음으로 여유롭고 느긋하게 꼼꼼히 따져보고 출판사를 선별하라. 원고는 나의 자존심이다. 출판사를 선택하는 건 언제나 저자 바로 당신 자신이다. 자신의 우선순위를 정해서 자신의 기준으로 출판사를 선별하여 계약하도록 하자.

step 13 　떨리는 출판사 투고

자, 이제 준비는 다 됐다. 드디어 2달가량 성심성의껏 쓴 나
의 원고를 출판사에 투고를 때가 온 것이다. 이렇게 글
을 쓰고 있으니 첫 작품의 원고를 처음 출판사에 투고할 때가 생
각이 나는데 무척이나 떨리고 긴장되기도 하면서 두렵기도 했던
기억이 난다.

　'모든 출판사에 퇴짜를 맞음 어쩌지?'
　'원고를 읽어보고 비웃는 건 아닐까?'
　'원고를 제대로 읽어줄까?'

　이런 온갖 생각에 막상 투고하기가 두려워지기까지 한다. 하지
만 심혈을 기울인 이 원고는 반드시 책으로 출간되어 빛을 보아
야 한다. 많은 독자에게 읽혀지길 원하며 내가 전달하고 싶은 메
시지가 많은 사람들에게 전해지길 원한다. 그러기 위해 힘겹게 이

원고를 마무리 지은 것이다. 그러니 두렵더라도 출판사에 투고하여 반드시 출간하는데 성공해야 한다. 용기와 자신감을 갖고 투고를 해보도록 하자.

출판사에 투고하는 방법은 여러 가지가 있겠지만 요즘에는 이메일이나 홈페이지에 투고하는 경우가 가장 많다. 예전에는 출력해서 직접 출판사에 가져가기도 하고 팩스로 보내기도 했지만 요즘에는 온라인 투고가 가장 활성화 되어 있다.

온라인 투고를 하는 방법은 간단하다.

:: 온라인 투고하는 방법

1. 투고할 출판사를 선별한다.
2. 투고할 출판사의 홈페이지이나 이메일을 정리한다.
3. 정리한 홈페이지나 이메일로 투고를 한다.

정말 간단하지 않은가? 누구나 생각할 수 있고, 할 수 있는 간단한 방법이다. 단지 익숙하지 않은 사람에게 투고할 출판사의 선별이나 투고할 출판사의 홈페이지나 이메일을 찾는 건 쉽지 않을 수도 있으니 지금부터 하나씩 풀어 설명을 하겠다.

먼저 첫 번째, 투고할 출판사를 선별한다. 선별이란 단어를 썼지만 투고할 출판사를 찾는 것이나 마찬가지다. 수십 개의 출판사 중 자신의 책을 내줄 만한 곳을 찾는 것이다. 그건 그리 어려운 일은 아니다. 지금 당장 온라인 서점이나 오프라인 서점으로 가서 자신이 쓴 장르 코너 쪽으로 가면 된다. 자신이 쓴 책 장르가 있는 코너 쪽에 가면 같은 장르로 비슷한 콘셉트로 먼저 나온 책들이 이미 수십 권에서 수백 권까지 있다. 바로 그 책들을 출간한 출판사를 정리하는 것이다.

이미 해당 장르의 책을 출간한 출판사는 해당 장르의 책을 출간하는 것에 관심이 있고, 그런 경험이 있는 출판사란 소리이다. 출판사도 성향이 달라서 즐겨 출간하는 장르가 출판사마다 다르다. 물론 역사서를 출간한 출판사가 유아교육서에 대한 책을 출간하지 말란 법은 없지만 아무래도 잘 모르는 분야에 무모한 도전을 하는 것보다 익숙하고 경험해 본 장르의 책을 출간하는 것에 더 초점이 맞춰져 있다. 그렇기 때문에 이미 해당 장르의 책을 출간한 출판사가 같은 장르의 책을 또 출간하는 것에 더 큰 관심을 가지게 되는 것이다. 온라인이든 오프라인이든 해당 장르의 책을 출간한 출판사를 확인하는 것은 쉽게 할 수 있다. 생각보다 쉽고 빠르게 출판사를 수집하고, 선별할 수 있을 것이다.

두 번째는 선별한 출판사의 홈페이지나 이메일을 수집하는 것이다. 이것 또한 그리 어려운 일은 아니다. 요즘에는 인터넷에 들어가면 웬만한 건 다 찾을 수 있다. 선별한 출판사를 인터넷에 검색해보면 홈페이지나 이메일을 쉽게 찾을 수 있다. 홈페이지에 들어가면 홈페이지가 잘 운영되고 있는 출판사의 경우에는 홈페이지에 투고할 수 있는 공간이 있다. 그럴 경우에는 홈페이지의 투고란을 통해 투고를 하면 된다.

홈페이지나 이메일을 인터넷으로 찾아지지 않는 경우에는 해당 출판사에서 출간한 책을 찾으면 쉽게 투고할 수 있는 이메일을 수집할 수 있다. 서점에 가서 자신이 찾는 출판사가 출간한 책을 찾아 제일 앞장이나 제일 뒷장을 보면 투고할 수 있는 이메일을 적혀 있는 경우가 대부분이다. 그 이메일을 수집하여 이메일로 투고를 하면 된다. 이메일 투고 시 특별한 양식이나 방식이 있는 건 아니지만 일반적으로 원고와 목차, 프로필을 같이 보내며 간단한 자기소개와 원고에 대한 설명을 작성해 보내면 된다.

이런 식으로 홈페이지나 이메일로 투고를 하면 되는데 여기서 주의해야 할 점은 출판사에 투고를 할 때 출판사 수 십 군데를 한꺼번에 투고하는 경우가 종종 있는데 조급한 마음은 이해를 하지만 그건 결코 좋은 방법이 아니다. 동종업계 사람들끼리는 서로 정보를 공유하며 친분을 쌓는 경우가 일반적이다. 그리고 그것은 출판업계도 마찬가지인데 편집자들끼리 식사를 하기도 하고 서로 연락을 자주 하기도 한다. 그런데 이야기를 하다가 자신에게 들어온 원고가 다른 곳에도 들어왔다는 소식을 듣게 되면 검토조차 하기 싫어하기도 한다.

이런 일을 미연에 방지하기 위해서라도 자신이 가지고 있는 출판사 리스트에 한꺼번에 투고하기 보다는 한 번 투고할 때 4~5곳의 출판사에 먼저 투고를 한 뒤 2주 정도를 기다린 다음 연락이 없으면 다음 출판사 4~5곳에 또 투고를 해보는 것이 좋다.

원고를 받은 출판사는 이 원고에 대한 검토와 회의를 끝내는 데에 보통 2주에서 3주 정도가 걸린다. 출판사마다 이 시간은 조금씩 다르겠지만 대체로 소형 출판사일수록 검토 기간이 짧고, 대형 출판사일수록 검토 기간이 길다는 점도 고려해야 한다. 간혹 투고한지 하루만에도 연락이 오는 경우가 있지만 몇 달이 지난 뒤에 검토가 끝났다면 계약하자고 연락 오는 경우도 있기 때문에 연락이 바로바로 없다고 절망하거나 포기하지 말고 인내심을 가지고 좋은 소식을 기다리도록 하자.

출판사에 투고 한다는 것은 힘겹게 노력해온 것들이 이제 보상이란 이름으로 되돌아올 시간이 가까이 왔음을 알려주는 것이기도 하다. 설레는 마음으로 좋은 결과가 있다는 믿음으로 자신 있게 원고를 보내도록 하자. 노력은 결코 사라지는 것이 아니므로.

step 14   가장 궁금한 인세 수입

책을 왜 쓰려고 하냐고 물어보면 가장 많이 하는 대답 중 하나가 명예롭다는 이유에서이다. 단 한 권의 책을 내더라도 자신의 이름은 평생 기록으로 남게 되고 많은 사람들에게 존경받을 수 있다는 것이다. 많은 사람들이 이런 대답을 하는 것 자체가 대중적으로 책을 낸 작가에 대한 존경과 존중을 반증하는 것이라 여겨진다.

맞는 말이다. 책을 내게 되면 주위의 시선이 바뀌는 것을 느낄 수 있다. 그리고 어딜 가든 책을 낸 작가라고 하면 대우가 달라지는 것 또한 종종 볼 수 있다. 책을 내는 것만으로도 굉장히 명예로운 일이 아닐 수 없다.

하지만 명예도 명예지만 아무래도 부수적으로 따라오는 수입에 대한 생각을 하지 않을 수가 없는데 명예로운 만큼 부도 따라오면 그야말로 금상첨화이지 않은가? 직접적으로 듣진 않아도 이름만 들어도 알만한 유명한 작가가 엄청난 부를 이루었다는 소식은 한 번쯤은 다 들어보았을 것이다. 당장 그 만큼은 아니더라도 나도 이제 그 작가들처럼 책을 낸 엄연한 작가인데 어느 정도의 수입이 어떤 식으로 발생하게 되는지는 궁금하고 알아둬야 할 것이다.

저자가 책을 내고 난 뒤 발생하는 수입은 굉장히 다양하고 사람마다 천차만별이라고 할 수 있다. 하지만 그건 책이 출간되고 난 뒤 책에 대한 대중적인 반응이나 홍보에 따라 달라지는 것이고 대부분 가장 먼저 발생되는 수입은 아무래도 계약금이라고 할 수 있다. 자신이 투고한 원고가 출판사와 계약을 맺게 되면 계약금을 가장 먼저 지불하게 되는데 계약금은 최소 50만원에서 많게는 300만원까지도 받게 된다. 간혹 천만 원도 넘게 받는 경우도 있는데 이런 경우는 흔하지는 않다.

신인 작가일 경우에는 대부분 50만원에서 100만 원선에서 계약이 이루어진다. 계약금은 계약서를 작성한 시점에서 일주일에서 한 달 이내로 입금되는 것이 일반적이다. 계약금을 많이 받으면 받을수록 좋다고 생각할 수도 있지만 책이 출간된 이후 책의 판매지수에 따라 인세가 지급되는데 인세에서 처음 받았던 계약금은 제외되고 지급되기 때문에 계약금은 많이 받든 적게 받든 받는 시기가 다를 뿐이지 결국에는 인세인 것이다. 출판사의 판단에 따라 원고의 질이 좋아서 출간되고 나면 충분히 대중적으로 사랑을 받을 수 있겠다고 생각이 들면 계약금을 높게 지급하기도 하니 계약금 자체에 너무 많은 신경을 쓸 필요는 없다.

오히려 당장 눈에 보이는 계약금보다 인세를 몇%로 계약하느냐를 더 중요하게 생각해야 한다. 인세란 책이 한 권 팔렸을 때 발생하는 수입을 말하는데 보통 6~8%선에서 이루어지며 최대 10%까지 받기도 한다. 단기적으로 보면 눈에 보이는 수입인 계약금이 중요해 보일 수 있겠지만 멀리 보면 꾸준하게 들어오는 수입은 인세이기 때문에 인세를 몇 %로 계약하느냐가 더 중요한 것이다.

이해하기 쉽게 당신의 원고가 10%의 인세를 받기로 했다고 가정해 보도록 하자. 당신이 인세를 10%로 계약을 하고 책의 정가가 16,000원으로 정해졌다면 책이 한 권 팔릴 때마다 당신은 1,600원의 수입이 발생하게 되는 것이다.

당신이 계약금으로 100만원의 돈을 받고 초판을 요즘은 대부분의 출판사가 2천부에서 3천부를 출간하는 것이 일반적이니 3천부를 출간하여 초판이 다 판매됐다고 한다면 당신에게 발생되는 수입은 이러하다.

계약금 수입	100만원
한 권당 인세 수입	1,600원
3,000부 판매에 대한 인세 수입	3,000 × 1,600 = 480만원

여기서 처음 계약서를 쓸 때 계약금으로 100만원을 받았으므로 초판 3,000부가 다 판매되고 나서 들어오는 인세는 처음 계

약금 100만원을 뺀 380만원이 되는 것이다. 물론 저 금액에서 세금을 공제한 금액이 입금 되겠지만 초판으로 수입이 끝나는 것이 아니라 그 뒤 재판을 하고 책이 더 판매될 때마다 인세는 계속해서 지급하게 된다.

예를 들어서 인세에 대한 수입을 설명했지만 인세는 저자들마다 천차만별이다. 어떤 저자는 책을 출간한지 한 달 만에 1천만원 넘는 수입이 발생하는 반면 어떤 저자는 책이 출간되고 일 년이 넘었는데도 1백만 원도 못 버는 경우가 허다하기 때문이다.

처음 출간한 책이 커다란 부를 가져다 줄 것이라 믿고 글을 썼는데 생각보다 너무 적은 수입이 발생된다고 해서 실망할 필요는 없다. 오히려 거기서 멈추는 것이 아니라 계속해서 한 권, 두 권 더 책을 내어야 하고, 그렇게 더 책을 내다보면 그것 자체가 자신의 인지도가 되고 스펙이 되기 때문에 어느 정도의 출간하다 보면 주목 받는 책이 나오기 마련이다. 그리고 그 책이 주목받게 되면서 작가가 유명해지면 그 작가의 그 전 작품 역시 재조명되는 경우도 굉장히 많기 때문에 이 책이 당장 큰 이목을 끌지 못하고 인기가 없다 하더라도 책을 쓰는 것을 멈춰선 안 된다.

그리고 책을 출간하여 발생되는 수입은 여기서 그치는 것이 아니다. 계약금, 인세이외에도 칼럼 요청이나 방송매체 출연요청이 들어오기도 하며 강의 요청도 종종 들어오게 된다. 칼럼 요청은 보통 어느 기간 동안 매주나 매달 쓰는데 그렇게 되면 크든 적든 정기적으로 수입이 발생하게 되며 방송이나 강의 역시 한 번 할 때마다 인지도에 따라 다르겠지만 꽤 괜찮은 수입이 발생하게 된다. 그런 식으로 경력과 경험이 쌓이다보면 지급료도 올라가기 때문에 어느 순간에는 평범한 직장인들이 꿈꾸는 일확천금의 금액까지 만질 수 있게 된다.

책을 내는 모든 작가들이 그런 삶을 살고 있는 것은 아니지만 포기하지 않고 한 권, 두 권 책을 내다보면 반드시 그 자리에 오를 수 있다. 〈천재작가 김태광〉, 〈미셸처럼 공부하고 오바마처럼 도전하라〉등 160여권의 책을 낸 김태광 작가를 보면 살아있는 증인이 되어준다. 그는 최단기간 최다의 책을 낸 것으로 기네스북에 등재되었는데 그는 어려운 환경 속에서도 책 쓰는 것을 포기하지 않고 자신만의 노하우로 2달에 한 권꼴로 책을 내기 시작해 지금은 인세만으로도 대기업 임원급의 연봉만큼 돈을 벌고 있다.

당신도 할 수 있다. 처음 출간한 책이 큰 관심을 받지 못했다 하더라도 한 권, 두 권 자신의 책을 출간해 나가다 보면 분명 부와 명예를 하나씩 하나씩 가져가 줄 것이다. 물론 책을 부를 축적하기 위해서만 쓰는 사람은 잘 없겠지만 책을 쓰는 것도 경제적으로 여건이 돼야 쓸 수 있는 것이기 때문에 책을 출간하고 수입을 생각하는 것은 당연한 일인 것이다.

엠제이 드마코의 〈부의 추월차선〉에서 보면 어느 만큼의 부를 벌어 들이냐는 얼마나 많은 사람들에게 감동을 주고 영향을 끼쳤느냐에 달려 있다고 한다. 따라서 당신의 책 또한 얼마나 많은

독자들에게 감동을 주고 영향을 끼쳤느냐에 따라 발생하는 수
입도 달라지게 된다. 그리고 한 권의 책보다 영향을 끼칠 책이 더
많으면 많을수록 축적할 수 있는 부도 자연스럽게 더 많아지게
되는 것이다. 그러니 책을 써라. 계속해서 써 나가라. 이보다 더
명예로우면서 부도 축적할 수 있는 기막힌 일은 없다. 책 쓰기는
그야말로 최고의 창업이자 성공의 발판인 것이다.

두 달 안에
누구나
작가가 되는
책쓰기 비법

4장

나도
베스트셀러다

step 01   원고 작성 시 유의할 점

오른쪽에 그림은 나의 첫 저서인 <이제 드림빌더로 거듭나라>의 원고를 작성했던 워드 화면이다. 이 사진을 참고하여 워드를 이용해 원고를 작성 할 때의 팁(Tip)을 알려드리려고 한다.

❶ ··· 글씨 크기

글씨 크기는 10.0이 제일 좋다. 앞서 말한 원고의 분량은 모두 글씨 크기 10.0을 기준으로 한 양이다. 글씨 크기는 너무 커도 좋지 않고, 너무 적어도 좋지 않은데 보기에도 가장 좋고, 출판사에서도 가장 선호하는 크기가 바로 10.0이다.

워드의 기본 옵션 자체도 10.0으로 설정되어 있는데 그것은 10.0이 가장 무난하고 보기 좋아서 그렇지 않을까 생각한다.

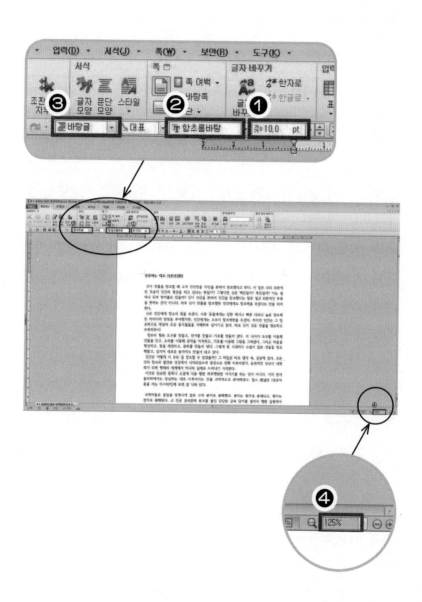

❷ ··· 글꼴

글꼴은 딱히 이것으로 해야 하는 것은 없지만 일반적으로 출판사에서 선호하는 글꼴은 [함초롬바탕]이라고 생각한다. 생각한다고 말하는 이유는 내가 일일이 출판사마다 편집부를 찾아가서 어떤 글꼴을 가장 선호하냐고 설문조사를 한 건 아니기 때문이다.

하지만 이 글꼴이 오래 보기에 눈도 덜 피로하고 전달력도 좋은 편이다. 일단 워드로 작성한 글들은 출판사의 편집부에 전달하기 위함인데 너무 튀는 글꼴로 원고자체의 어떤 이미지를 심어주는 건 부작용을 초래할 수 있다. 그래서 나는 언제나 [함초롬바탕]이라는 글꼴로 글을 작성한다. 이 글꼴도 워드의 가장 기초적인 글꼴이라고 할 수 있다.

❸ ··· 스타일

스타일 목록을 들어가 보면 바탕글부터 본문, 개요1~7, 쪽 번호, 머리말 등 여러 목록이 있는 것을 확인할 수 있는데 이 목록들마다 각각 설정되어있는 문단 모양 정보들이 삽입되어 있어서 목록마다 왼쪽, 오른쪽 여백의 사이즈가 달라지고 정렬 방식이 달라지기도 한다.

목록마다 문단의 정보들은 다르지만 이것 역시 가장 무난한 방식이 [바탕글]스타일이다. 그래서 [바탕글]스타일로 작성하는 경우가 가장 많으며 앞서 말한 모든 워드의 분량 역시 [바탕글]스타일 기준으로 설명한 것이다. 목록마다 다른 문단 모양 정보들은 직접 확인하길 바란다.

❹ ··· 확대/축소

이것은 실제 A4용지로 출력했을 시에 보이는 글자 크기를 모니터 상에서 어느 정도만큼 확대, 축소해서 볼 것인지를 설정하는 것이다. 현재 125%로 설정되어 있는 사이즈를 실제 사이즈인 100%로 변경해서 보면 모니터 상으로는 보기에 너무 작고 피곤하다는 것을 알 수 있을 것이다. 하지만 실제로 출력해서 보면 적당한 사이즈임으로 걱정할 필요는 없다.

단지 워드로 작업할 때 보이는 사이즈임으로 보기 좋은 사이즈로 설정해 사용하면 된다. 하지만 이것 역시 일반적으로 125%가 너무 크기도 작지도 않은 적당한 사이즈이기 때문에 출판사에서도 이 설정으로 보는 것을 가장 선호한다.

앞서 하나씩 집어서 설명한 워드 설정은 책 쓰기 코칭을 할 때 의외로 많은 분들이 궁금해 하는 잦은 질문이라서 그림과 함께 간단하게 설명 했다. 꼭 이렇다 하는 법칙이 있는 것은 아니지만 지피지기면 백전백승 아니겠는가? 출판사가 선호하는 방식이나 설정을 미리 알고 그 방식대로 글을 쓰는 것에 익숙해지면 분명 도움이 될 것이다.

출판사가 선호하는 설정이라고 하지만 결국 워드의 기초 설정과 그리 다른 게 없어 보인다. 다시 말하자면 가장 선호하는 것은 가장 무난한 것이라고 봐도 무관하지 않을까 하는 생각도 든다. 다시 말하지만 이런 설정은 꼭 이렇게 해야 하는 것은 아니다. 자신에게 맞는 방식으로 해도 상관은 없지만 단지 원고를 검토하는 출판사의 입장도 고려는 해야 한다. 자비출판을 할 생각이 아닌 이상 출판사의 검토와 출판 의뢰는 반드시 필요하기 때문이다.

step 02   가짜 책 쓰기 코치를 조심하라

최근 들어 책 쓰기 코치들이 많이 늘어나고 있는 추세이다. 직장인들 사이에서 점점 책을 쓰는 것이 이슈가 되면서 책 쓰는 것에 대한 코칭이나 1:1레슨을 원하는 사람들이 점점 늘어나기 시작했고 자연스럽게 책 쓰기를 가르치는 책 쓰기 코치들도 늘어나게 된 것이다.

어느 분야나 그렇듯 수요가 늘어나면 공급이 늘어나고, 공급이 늘기 시작하는 초기에 우선권을 선점하기 위해 뛰어드는 사람들이 무분별하게 늘어나는 것이 일반적이다. 하지만 말 그대로 무.분.별.하게 늘어나다보니 자격검증도 제대로 되지 않은 채 그 자리를 선점하는 경우도 어렵지 않게 찾아 볼 수 있는데 이제 막 책을 쓰기 위해 시작하는 신인작가들은 이런 검증이 안 된 코치들을 조심해야 한다. 책을 쓰고 싶어 책 쓰기 코치를 찾다가 제대로 검증도 되지 않은 코치를 만나게 될 경우 막대한 피해를 볼 수도 있기 때문이다.

그런 일을 미연에 방지하기 위해서는 책 쓰기 코치를 찾을 때 몇 가지를 유의해서 코치를 선별할 필요가 있는데 그 중 몇 가지를 정리해서 말해볼까 한다.

첫 번째, 자비 출판을 유도하는 코치는 피한다.

자비 출판이 무엇인가? 말 그대로 본인 돈으로 본인 책을 출판하는 것이다. 이런 일은 돈만 있으면 누구나 할 수 있다. 돈으로 자비 출판을 할 거면 지금까지 이 책에서 왜 책을 써야하는지 어떻게 하면 책을 쓸 수 있는지에 대해 말해온 모든 것이 무의미하게 되어 버린다.

이 책을 통해 책을 쓰는 노하우를 전달한 것은 단순히 출판사와 계약을 하기 위한 노하우가 아니라 독자들과 좀 더 소통하기 쉽고, 독자들이 좀 더 받아들이기 쉬워할 수 있는 전달 방법을 알려주기 위해서이다. 단지 그런 방식을 출판사가 선호하는 것일 뿐이고 그러다보니 자연스럽게 좀 더 출판사와 계약하기 쉬워지는 것일 뿐이다.

책 쓰기 코치가 하는 일은 이런 것을 가르치는 것인데 자비 출판을 유도하는 코치라면 자신이 가르치는 방식이 독자들과의 소통도, 출판사의 선호도에도 자신이 없는 것이다. 결국 자신이 가르치는 것에 확신도 자신도 없다는 것이다. 그러니 자비 출판을 유도하는 코치와는 인연을 맺지 마라. 분명히 기억하고 있어야 할 것은 우리는 자비 출판을 처음부터 염두에 두고 있지 않았다는 것이다.

두 번째, 첨삭하지 않는 코치는 배제하라.

요즘은 어떤지 모르겠지만 내가 초등학교를 다닐 무렵에 저학년 때는 매일 일기 쓰기가 숙제였고 그 일기는 매일 담임선생님께 제출했다. 그러면 하교하기 전에 다시 일기장을 본인들에게 되돌려 주셨는데 매번 그 날의 일기에 틀린 받침이나 어색한 문장에 대한 첨삭을 해주셨다.

이런 첨삭은 글쓰기에 대한 가장 기본적인 코칭이다. 첨삭을 받으면서 불필요한 단어나 반복적인 단어에 대한 피드백을 받을 수 있고, 문장에 대한 흐름이나 주제 전달에 더 노련해질 수 있다.

앞서 주제에 대해 계속해서 글쓰기가 아닌 책 쓰기라고 말해온 것은 전달하려는 것이 단순히 글을 잘 쓰는 방법에 대한 것이 아니라 자신의 책을 쓰고. 자신의 책을 출간하는 것에 대한 노하우를 알려주기 위함이다. 하지만 책 쓰기도 결국 글쓰기라는 기본에서 성립되는 것이지 글을 쓰지 않고 책을 쓴다는 건 정말이지 어불성설이 아닐 수 없다.

그런데 책 쓰기 코치라는 사람이 책 쓰기를 코칭할 때 책을 출간하는 것에 관한 코칭만 하고, 글을 쓰는 것에 대한 코칭이 전혀 없거나 안 된다면 그는 이미 기본이 안 된 코치라 봐도 무관하다.

　책 쓰기 코치라면 수업을 받는 학생들의 글을 보고 첨삭을 해 줄 수 있어야 하며 첨삭은 기본적으로 이루어져야 할 과정이다. 그런데 글을 쓰는 건 학생들에게 그냥 맡겨버리고 "이 주제로 이만큼의 글을 쓰세요.", "제목이나 목차는 이렇게 자극적이면 됩니다." 이런 것에 관한 코칭만 이루어진다면 이건 뼈대 없는 집을 짓는 것과 마찬가지다.

　그렇기 때문에 원고를 다 썼다 하더라도 가장 핵심인 원고의 내용과 전달방식이 엉망이기 때문에 결국 어느 출판사하고도 계약하는데 실패를 할 수밖에 없게 되고, 그렇게 되다 보면 결국 위에서 말한 것처럼 자비 출판 쪽을 자연스럽게 추천하게 되는 것이다.

　어느 책 쓰기 코치를 만나든 첨삭을 얼마나 많이 자주 받을 수 있는지를 꼭 점검하라. 자신이 쓰고 있는 원고에 대해 코치와 얼마나 많은 소통이 가능한지를 반드시 체크하라. 단순히 당신을 돈으로만 보고 있는 코치는 결코 만나서는 안 된다.

세 번째, 질질 끄는 코치는 진심이 아니다.

　앞서 말했듯이 초고를 완성시키는데 너무 시간을 끌면 좋지 않다. 초고는 최대한 빨리 끝내는 것이 좋으며 열정적으로 하는 것이 좋다. 초고를 오래 끌수록 처음 생각한 의도와는 너무 다른 방향으로 글이 진행되기도 하고, 초고를 오래 끌수록 의욕은 점점 상실된다.

하지만 간혹 책 쓰기 코칭을 단순한 돈벌이로만 보는 코치들이 일주일에 한 꼭지정도로 느긋하게 원고를 쓰도록 유도하는 경우도 있다. 직장 생활 혹은 육아 때문에 시간이 여유롭지 않을 테니 느긋하게 쓰라고 권하거나 급하게 쓰면 글을 망치게 되니 신중하게 꼼꼼하게 쓰라고 권하는 코치가 있다면 그런 코치는 외면하길 바란다.

당신이 정말 좋은 글을 쓰길 바라고 책이라는 좋은 결과물을 내기를 진심으로 바라는 코치라면 절대 그렇게 하지는 않을 것이다. 사람의 열정이란 건 생각보다 오래가지 않는다. 열정이 타오를 때 그 시기에 어떤 결과물을 만들어내지 못하면 그 열정은 금방 꺼져버리고 만다.

원고를 빠르게 끝내라는 것은 무조건 초고와 탈고를 빨리 끝내야 한다는 말이 아니다. 빨리 끝내야 하는 것은 초고다. 초고를 쓰는 것에 너무 오랜 시간이 걸리고, 너무 늦어지면 열정도 점점 줄게 되고 책을 쓰는 것에 대한 회의감도 들기 시작한다. 그러다보면 결국 포기하게 되고 멈추게 되어버리는 것이다.

하지만 비록 정리되지 않은 초고라 할지라도 초고를 완성시키게 되면 9부 등선은 넘은 듯한 느낌이 들며 뭔가 해냈다는 성취감도 생기기 때문에 탈고에도 박차를 가할 수 있다. 초고를 쓰다가 포기하는 경우는 봤어도 초고를 다 써놓고 포기하는 경우는 흔치 않다. 어떻게든 책을 쓰기로 마음먹었다면 초고는 최대한 빨리 끝내야 하는 것이다.

정말 신중하고 꼼꼼하게 해야 할 것은 초고가 아니라 탈고 작업이다. 초고는 최대한 빠르고 신속하게, 탈고는 신중하고 꼼꼼하게 해야 하는 것이다. 그럼에도 초고 자체를 느긋하게 쓰도록 유도하고, 초고에 신중을 기하라고 하는 코치는 오랜 시간 레슨을 받게 하기 위함이고, 오랫동안 수강료를 받기 위함이다. 그렇게 되면 돈은 돈대로 나가면서 제대로 된 원고 하나 완성시킬 수도 없게 되어버리는 것이다.

책을 쓰기 위해서 반드시 책 쓰기 코치를 만나 수업이나 피드백을 받아야 하는 것은 아니지만 점점 책 쓰기 코치가 늘어나고 그들을 찾는 사람이 늘어나고 있는 것을 보며 이런 점은 주의하길 바라는 마음에서 정리해 보았다. 여러 코치들의 가르치는 방식도 보았고, 그들의 방식에 따라 어떤 작가들이 배출되고 어떤 책이 출간되는지도 봐왔는데 정말 놀라운 결과도 많이 봤고, 그에 비해 큰돈을 쓰고도 이렇다 할 결과를 얻지 못하는 사람도 봤다. 이렇다 할 결과를 얻지 못한 사람들은 엉터리 코치들을 거쳐 겨우 제대로 된 코치를 만나 책을 출간하는 경우도 봤는데 그들을 보면서 책 한 권을 내기 위해 너무 큰 대가(?)를 치렀다는 생각이 많이 들었다.

책을 쓰려는 마음에 악의를 갖고 책을 쓰려는 사람은 적어도 지금까지는 만나본 적이 없었다. 다시 한 번 재기를 꿈꾸거나 더 큰 성공을 위해, 혹은 작가라는 직업으로 전향하기 위해서 글을 쓰는 사람들이 대부분이었다. 그들의 목적에 단순히 돈벌이를 위한 책 쓰기는 있을지언정 악의를 가지고 책을 쓰는 사람들은 단한 명도 존재하지 않았다. 도대체 어떤 상황이 되어야 어떤 악의적인 목적으로 책을 쓸 수 있단 말인가?

하지만 그런 그들에게 악의를 가지고 접근하는 사람은 분명존재한다. 책을 쓰려는 사람들이 어떤 마음으로 어떤 목적으로 책을 쓰려하는 지는 관심에 두지도 않은 채 말이다. 책을 쓰려는 좋은 의도나 적어도 악의 없이 책을 쓰려는 사람들이 잘못된선택으로 힘든 일을 겪지 않길 바란다. 책은 그 어떤 독자에게도상처를 주려 만들어지는 법은 없고, 그 어떤 저자든 책을 쓰는 일이 상처로 남는 일은 없어야 됨이다.

step 03 저자의 마케팅

자신의 원고가 출판사와 계약이 됐다고 해서 이제 저자가
할 일이 끝난 것은 아니다. 간혹 원고만 끝내고 출간부터
홍보까지 출판사가 다 알아서 할 거라는 생각으로 아무것에도
신경 쓰지 않는 저자도 있는데 그래서는 안 된다. 출간 전부터 출
간 후에도 저자 자신도 자신의 책에 대한 홍보에 적극적으로 나
서야 하며 필요하다면 강의와 인터뷰에도 응해야 한다.

물론 대대적인 홍보는 출판사에서 알아서 하겠지만 저자 자신
도 가만히 앉아 있기 보다는 자신이 할 수 있는 방식으로 홍보에
적극 나서는 것이 좋다. 저자가 그렇게 적극적으로 홍보에 나서
는 모습을 보이면 출판사 입장에서도 긍정적인 모습을 보이며 더
열심히 하려고 나서기도 한다.

저자가 홍보하는 방법이 그리 많은 것은 아니지만 예전에 비
하면 인터넷이라는 용이한 수단이 있기 때문에 본인이 조금만 부
지런하면 여러 방면으로 자신의 책을 알릴 수 있다. 찾아보면 더

많고 다양한 방법이 더 있겠지만 저자가 할 수 있는 대표적인 홍보 수단을 몇 가지 짚어볼까 한다.

첫 번째, 블로그를 개설한다.

블로그는 책이 출간되기 전부터 개설해두고 조금씩 꾸미며 관련된 글을 올리는 것이 좋다. 블로그에 올린 글이 화제가 되면서 책으로 출간되는 경우도 종종 있을 만큼 블로그의 파워는 이미 검증되어 있다. 지금 당장이야 블로그를 개설한다고 해서 들어오는 사람도 별로 없고 홍보효과도 없을 거 같지만, 블로그를 개설해두고 책을 출간할 때 자신의 프로필에 블로그 주소를 올려두면 책이 출간하고 난 뒤에는 블로그 조회수가 점점 더 올라가는 것을 확인할 수 있다.

SNS를 하는데 군이 블로그를 따로 해야 하느냐고 묻는 사람들도 종종 있는데 SNS는 특성상 친구를 맺은 사람들이 올리는 실시간 글이 제일 위로 올라가게 된다. 내가 가장 최근에 올린 글이라 할지라도 여러 사람들이 올리는 글이 묻혀 내 글이 잘 보이지 않게 된다는 것이다. 쉽게 말해 단발성으로 끝나버린다. 하지만 블로그는 나만의 공간이기 때문에 언제든지 나만의 글이 잘 보이게 할 수 있고, 내가 원하는 글은 언제까지라도 제일 먼저 잘 보이게 할 수도 있다.

게다가 책을 보고 강의나 출연요청 등으로 연락을 취하고 싶을 때도 블로그가 있으면 쉽게 검색하여 저자에게 연락을 취할 수도 있다. 물론 블로그가 없어도 출판사를 통해 연락을 취해오긴 하지만 매번 출판사를 통해 연락을 받는 것보다 블로그를 통해 직접적으로 연락을 받는 것이 더 나을 때도 있다.

반드시라는 건 아니지만 블로그가 저자의 홍보수단에 많은 도움을 주는 것은 분명하다. 이런 걸 개설하고 꾸미는 것에 부담을 느끼는 사람들도 많지만 스마트 폰처럼 처음이 낯설 뿐 조금만 배우면 누구나 쉽게 할 수 있다. 힘들게 쓴 책이 더 많은 빛을 보게 하기 위해 이 정도의 노력은 조금 더 투자해볼 만하지 않을까?

두 번째, 가까운 도서관에 희망 도서 신청을 한다.

책이 출간되면 가까운 도서관에 희망 도서로 신청을 한다. 신청을 하게 되면 도서관마다 시기는 조금 다르지만 대부분 2주에서 4주 사이에 신청한 책이 비치되기 시작한다. 이 일을 지인들에게도 부탁하여 최대한 많은 도서관에 비치될 수 있도록 한다. 희망 도서로 신청하여 도서관에 비치되는 책의 권수는 비록 몇 권밖에 되진 않지만 대여되는 특성상 많은 사람들이 볼 수 있으며 무엇보다 상당히 뿌듯해진다. 도서관에 비치되는 것 자체가 큰 홍보방법은 아닐 수 있지만 저자로서 큰 성취감을 느낄 수 있다.

세 번째, 지인들을 적극적으로 활용한다.

가까운 지인들은 책을 출간되면 당연하다는 듯이 한, 두 권씩 책을 사주기 마련인데 책을 사는 것에 멈추지 말고 온라인 서점에 서평을 남겨달라고 부탁하는 것이 좋다. 책의 저자와 친분이 있는 사람들이야 궁금하고 친분이 있기 때문에 구입하는 것이지만 저자와 전혀 모르는 사람들은 온라인 서점에 나와 있는 책의 목차와 소개, 그리고 서평으로 책을 선택하게 된다. 서평이 많이 달려 있을수록 책에 대한 인지도도 좋아짐으로 서평을 적극적으로 남겨달라고 부탁한다.

그리고 온라인이든 오프라인이든 책을 구매했다면 인증샷을 남겨달라고 요청하는 것이 좋다. 받은 인증샷은 블로그를 통해 다시 홍보한다. 블로그를 통해 올라온 인증샷들은 검색사이트에서 검색하면 보이는데 검색사이트에서 책을 조회했을 때 많은 검색 결과는 책을 찾는 독자에게도 출간한 출판사에게도 긍정적인 효과를 불러일으킨다.

넷째, 책을 적극적으로 뿌린다.

책을 뿌린다는 의미가 전단지 돌리듯이 뿌린다는 의미는 아니다. 책을 홍보할 수 있는 언론기관에 뿌린다는 의미인데 방송국

이나 라디오, 신문과 같은 미디어 매체에 책을 적극적으로 홍보하는 것이 좋다. 물론 막무가내로 뿌리는 것이 아니라 책과 관련된 방송이나 라디오 프로그램을 진행하는 담당PD에게 책을 선물로 보내거나 신문사의 문화 쪽에 관련된 편집부로 책을 보내보는 것도 좋은 방법이다.

이런 적극적인 홍보방법으로 방송 또는 라디오 출연을 하는 경우도 종종 있고, 좋은 인연을 맺는 경우도 많이 보았다. 홍보는 언제나 공격적이어야 한다. 머뭇거리지 말고 적극적이고 공격적으로 책 선물을 하는 것이 좋다.

이 밖에도 많은 홍보 방법은 있고 자신만의 또 다른 홍보 방법 또한 있을 것이다. 위의 홍보 방법은 그저 수많은 예시 중 하나일 뿐이다. 위의 방식대로 해봐도 좋고 다른 방식으로 해봐도 좋다. 중요한 건 저자 역시 책이 출간되면 적극적으로 자신의 책을 알려야 한다는 것이다.

이건 누가 시키지 않아도 당연한 일이다. 당신은 책의 창조자다. 책은 당신이 시간과 노력을 녹여 만든 결과물이다. 그 결과물을 남들에게 자랑하고 뽐내는 건 당연한 일 아니겠는가?

자신의 책을 홍보하는 일을 의무적으로 여기지 말고 즐겨라. 이 책을 바라보는 사람들의 시선을 즐겨라. 당신은 충분히 그럴 자격이 있다.

step 04 직업별 참고 도서

책을 쓸 때는 같은 콘셉트와 같은 장르의 경쟁도서 겸 참 고도서를 반드시 읽어봐야 한다. 가능한 많이 읽어보면서 그 책이 인기가 있었다면 어떤 점이 대중적으로 인기를 끌게 했는 지, 판매부수가 저조 했다면 어떤 부분 때문에 그런지를 파악해 야 한다.

그런데 간혹 워낙 장르별로 많은 책이 있다 보니 그런 참고도 서를 선별하는 것 자체를 힘들어하는 경우를 종종 보게 되는데 그래서 여기 직업별로 참고할만한 도서를 몇 권씩 추천할까 한 다. 추천했다고 해서 이 책들이 반드시 자신에게 맞는 참고도서 는 아닐 수도 있다. 책도 자신만의 스타일이 있는 법이니 선별한 참고도서만 읽어보지 말고 자신만의 참고도서를 직접 찾아보는 것이 좋다.

직장인, 주부, 교사, 사업가, 종교인, 연예인, 운동선수, 여행가 순으로 참고도서를 정리해 보았다.

	작 가	도 서 명
직장인 **참고 도서**	송동근	리더에게 길을 묻다
	김유미	나는 승무원이다!
	남충식	기획은 2형식이다
	김용무	프레젠테이션 퍼스널 트레이닝
	임규남	회사가 키워주는 신입사원의 비밀
	우용표	신입사원 상식사전
	이은영	회사는 미래의 당신을 뽑는다
	이기평	당신이 착각하고 있는 회사의 진실

	작 가	도 서 명
주부 **참고 도서**	김윤경	엄마의 꿈이 아이의 인생을 결정한다
	김선미	지랄발랄 하은맘의 불량육아
	이화자	행복한 엄마수업
	오은영	가르치고 싶은 엄마 놀고 싶은 아이
	김선미	지랄발랄 하은맘의 닥치고 군대 육아
	한복희	준비된 엄마의 교육수첩
	정지은, 김민태	아이의 자존감
	최현아	행복은 발견
	한복희	엄마 공감

작 가	도 서 명
정은기	10분 공부법
최인호	1등급 공부습관
정철희	21일 공부모드
이영미	십대 지금 이순간도 삶이다
김태광	꿈꾸는 너에게 불가능은 없다
김난도	아프니까 청춘이다
최윤정	1학년을 도와줘
백종화	공부는 나의 힘

교사 참고 도서

작 가	도 서 명
김영한	총각네 야채가게
김영모	빵 굽는 CEO
김승호	김밥 파는 CEO
김석봉	석봉 토스트 연봉 1억 신화
장샤오헝	마윈처럼 생각하라
엠제이 드마코	부의 추월차선
우노 다카시	장사의 신
하워드 슐츠	온워드

사업가 참고 도서

작 가	도 서 명
혜민 스님	멈추면 비로소 보이는 것들
법륜	인생수업
유기성	우리, 서로 사랑하자
닉 부이치치	닉 부이치치의 허그
조정민	사람이 선물이다
길희선	길은 달라도 같은 산을 오른다
마더 테레사	마더 테레사의 아름다운 선물
닉 부이치치	닉 부이치치의 플라잉

종교인 참고 도서

작 가	도 서 명
타블로	당신의 조각들
조혜련	쓰는 순간 인생이 바뀌는 조혜련의 미래일기
빅뱅	세상에 너를 소리쳐!
류승수	나 같은 배우 되지마
신성일	맨발은 청춘이다
이인혜	이인혜의 꿈이 무엇이든 공부가 기본이다
이효리	가까이
김병만	김병만 달인정신 : 꿈이 있는 거북이는 지치지 않습니다

연예인 참고 도서

작 가	도 서 명
박지성	더 큰 나를 위해 나를 버리다
김연아	김연아의 7분 드라마
박태환	프리스타일 히어로
강수진	나는 내일을 기다리지 않는다
박찬호	끝이 있어야 시작도 있다
이규혁	나는 아직도 금메달을 꿈꾼다
추신수	오늘을 즐기고 내일을 꿈꾼다
추성훈	두개의 혼

운동선수 참고 도서

작 가	도 서 명
김은덕	한 달에 한 도시
다카하시 아유무	패밀리 집시
안혜연	버스타고 제주 여행
정유라	나 홀로 축구 여행
장은정	언젠가는 터키
최갑수	당신에게 여행
김창열	다시, 포르투칼
배두나	두나 's 서울놀이

여행가 참고 도서

step 05 이제 당신도 베스트셀러 작가이다

나는 책을 쓰기 전까지 돈이 된다고 하는 일을 닥치는 대로 해왔다. 사업에 실패하면서 큰 빚을 지게 되어 그 빚을 빨리 갚아야 했기 때문이었는데 보험, 휴대폰 판매, 중국에 물건을 수출하는 일까지 돈이 되는 일이라면 가리지 않고 했다. 하지만 웬일인지 그럴수록 마음에는 큰 공허함이 생겨나기 시작했다. 그 무렵 내게는 이제 막 24개월이 된 딸 '주아'가 있었는데 주아에게 아빠가 어떤 일을 하는 사람인지 자신 있게 말할 자신이 없었다.

그것은 보험이나 휴대폰 판매, 중국 무역 일이 창피해서가 아니라 하고 있는 모든 일을 나 스스로가 자부심을 느끼면서 하는 것이 아니라 단순히 돈만을 벌기 위해 이 일들을 하고 있는 것이 스스로를 떳떳하지 못하게 만들고 있었던 것이었다. 그러다보니 점점 내면의 갈등은 심해져 갔고, 내가 진정 해야 할 일은 무엇인지, 무엇을 하고 싶은지를 찾다가 우여곡절 끝에 작가의 길을 들어서게 된 것이었다.

그 길은 절대 쉽지 않았다. 막막했고 확신도 없었다. 하지만 이 일이 아니면 안 된다는 생각이 점점 더 나를 채워갔고, 절대로 포기하지 않았다. 결국 두 달이란 시간 만에 원고를 끝낼 수 있었고, 출판사에 투고한지 12시간 만에 계약하자는 연락을 받을 수 있었다. 책은 출간되고 5일 만에 주간 베스트셀러에 오르는 기염을 토해냈고 많은 사람들에게 응원의 메시지도 받을 수 있었다.

책이 계약되고 출간되면서 경제적인 상황도 점점 더 나아져갔고, 하고 있는 일에 대한 확신도 생겼다. 하지만 그 무엇보다 실패에서 무언가를 다시 만들어 냈다는 자신감과 자존감이 많이 회복되었다. 주아가 나의 책을 들고 "이건 아빠 책이야!"라고 말해줄 때마다 그렇게 보람차고 뿌듯하지 않을 수가 없다.

나뿐만 아니라 평범한 직장인, 평범한 주부, 평범한 학생이 책을 쓰면서 인생이 달라져가는 것을 직접 목격했다. 이건 이제 더 이상 나만의 이야기도 아니고, 당신하고 상관없는 다른 세상의 이야기도 아니다.

책 쓰기는 분명 쉬운 일은 아니다. 다른 일과 병행하면서 하려면 많은 시간과 노력을 필요로 한다. 아이를 이 세상에 탄생시키기 위해 열 달이란 시간동안 뱃속에서 아이를 품고 있다가 죽을 듯한 고통을 참아내며 출산하는 엄마들처럼 책이라는 창조물을 세상에 내놓기 위해서는 비록 그만큼은 아니더라도 어느 정도는 인내해야 하고 고통을 감내해야 하는 것이다.

하지만 책 쓰기는 분명 그만한 가치가 있는 일이다. 엄마들이 그런 고통을 참아내며 아이를 출산하는 이유도 그 고통을 다 잊게 해줄 만큼 사랑스러운 아이가 이 세상에 태어나주기 때문이다. 책 또한 그런 인내와 고통을 감수하다 보면 그 과정을 다 보상해줄 소중한 책이 세상에 태어나게 되는 것이다.

책 쓰는 일을 감히 출산에 비교할 순 없겠지만 무언가를 창조하는 일은 그만큼 언제나 괴롭고 힘든 작업이다. 이 일이 아무나 갈 수 있는 그런 쉬운 길은 절대 아니라는 소리다. 하지만 누구라도 마음만 먹으면 할 수 있는 일이기도 하다. 중요한 건 내가 할수 있다, 없다가 아니라 내가 할 것인가, 하지 않을 것인가이다.

이 책이 아니더라도 책을 쓰는 것에 대한 책은 무수히 많고, 책 쓰기를 가르치는 코치와 학원 역시 점점 늘어나고 있는 추세이다. 당신이 마음만 먹고 주위를 둘러보면 쉽게 찾을 수 있을만큼 말이다. 당신이 마음만 먹는다면 지금도 바로 시작 할 수가 있다.

책을 써라. 더 이상 주저할 이유는 없다. 설령 책을 쓰고 출간했는데 돈도 명예도 생기지 않더라도 책이라는 평생 남을 결과물은 남는다. 당신의 책과 당신의 이름이 문헌 정보로 전산에 기록되어 평생 남게 된다. 책은 무조건 남는 장사다. 무조건 남는 일을 하지 않을 이유가 도대체 어디 있단 말인가?

"어렵다."

"시간이 없다."

"힘들다."

"어떻게 해야 하는지 모르겠다."

"재주가 없다."

이런 말로 제발 도망가지 마라. 당신은 정말 절실하게 성공을 원하는가? 정말 절실히 지금보다 더 나은 환경이 되길 바라는가? 그렇다면 책을 써라! 돈을 벌기 위해서 다른 일은 모르면 배우고, 힘들어도 버티면서 하면서 왜 책은 그렇게 하지 않는가? 매주 로또를 사는 노력으로 책을 쓰는 것이다.

지금 당장 가까운 서점에 가보라. 작은 서점이든 큰 서점이든 어느 서점을 가든지 늘 책을 따로 분류하여 전시해 두는 공간이 있다. 그 공간이 바로 베스트셀러가 진열되어 있는 공간이다.

서점마다 장르별로 책을 나누고 진열해두지만 언제나 베스트셀러만은 그들만의 따로 준비된 공간에 자리를 잡고 있다. 지금까지의 당신은 그 곳에서 책을 골라 구입했거나 그 곳이 나와는 다른 세상의 공간인 듯 무심코 지나쳐 왔겠지만 이제 그 곳을 바라보는 당신의 시각을 달리해라.

이제 당신의 책이 그 곳에 앉을 차례이다. 내가 쓴 책이 그곳에 있는 상상을 하고 내 책이 그곳에 있을 때 내가 어떤 마음으로 그곳을 바라볼 것인지를 느껴라. 언제까지나 남의 이야기로만 내버려두지 마라. 당신도 할 수 있고, 당신도 그곳에 당신의 이름을 올릴 수 있다.

애써 굳이 그럴싸한 핑계를 찾는 헛된 노력은 이제 그만 멈추고 지금 바로 시작하라. 당신의 이야기를 담은 당신의 책이 이 세상에 나올 수 있게 하라. 많은 사람들이 그 책을 기다리고 있으며 그 이야기를 궁금해 하고 있다.

바로 당신의 이야기가 베스트셀러가 되는 것이다.

두 달 안에
누구나
작가가 되는
책쓰기 비법

내가 처음 책을 쓰게 된 계기는 딸 '주아' 때문이었다. 사업에 크게 실패하고 많은 빚을 지게 된 나는 그저 돈이 되는 일은 닥치는 대로 해왔다. 그러면서 빚도 조금씩 갚아 나갔지만 그 어떤 일을 해도 '주아'에게 아빠가 어떤 일을 하는 사람이라고 당당하게 얘기를 할 수 없었다. 그건 내가 하는 일들이 떳떳하지 못한 일이거나 부끄러운 일이라서가 아니라 나 자신이 그 일에 대해 자부심도 즐겁지도 않았기 때문이었다. 나 스스로가 즐겁지도 행복하지도 않는 일을 하면서 딸에게 꿈을 품고 이룰 수 있다고 말할 자신이 없었던 것이다.

진정 내가 하고 싶고, 할 수 있는 일이 무엇일까를 되물어 얻게 된 대답이 바로 저자의 길이었다. 하지만 결코 저자의 길은 순탄하지 않았다. 책을 쓰는 방법을 알려주는 곳도, 그런 책도 찾아봐도 없었다. 책 쓰는 것을 알려주는 곳을 찾아내기도 했지만,

Epilogue

수업을 받기에는 당시의 내게는 돈이 너무 없었다. 하지만 포기하지 않고 계속해서 책 쓰는 노하우를 알아내려 애썼고, 결국 〈이제 드림빌더로 거듭나라〉를 출간할 수 있었다.

책이 출간되고 저자본의 책이 도착하자 '주아'는 책을 들고 "이건 아빠 책이야."라고 환하게 웃어주었다. 그제야 나는 '주아'에게 "아빠는 작가야!"라고 당당하게 말할 수 있었다. 그 때의 쾌감과 행복감은 이뤄 말할 수 없을 만큼 컸다. 이 기분은 느껴보지 않은 사람은 결코 알 수 없으리라.

〈이제 드림빌더로 거듭나라〉가 출간되고 나서도 다음 책을 쓰기위해 콘셉트를 고민해왔고, 바로 다음 책을 집필하기 시작했다. 그러던 중 처음 내가 책을 쓰려 할 때 힘들고 답답했던 것처럼 누군가도 이제 막 처음 책을 쓰려고 하는데 궁금하고 답답한 부분 때문에 힘들어하고 있을 수도 있겠다란 생각이 들었고, 이 것이 이 책을 집필하고 출간하게 된 발단이 되었다.

　많은 사람들이 이 책으로 인해서 자신의 책을 출간할 수 있게 되고, 그리하여 내가 느낀 쾌감과 행복감을 느낄 수 있기를 바라는 마음으로 원고를 집필하기 시작했다. 생각만큼 이 책이 도움이 안 될 수도, 생각보다 더 큰 도움이 될 수도 있겠지만 언젠가는 전 국민 모두가 1인 1저서를 쓰게 되는 날이 오길 진심으로 바란다. 전 국민이 독자에서 이제 저자로 거듭나길 바라며 이 책을 마친다.

Memo

Memo